Les Veilleuses du feu : Rome

Tome 3
Les Veilleuses du feu : Milliardaires et gardiens

Anna Lowe

Contents

Autres titres de la même série

Les Veilleuses du feu : Milliardaires et Gardiens

Les Veilleuses du feu : Paris (Tome 1)

Les Veilleuses du feu : Londres (Tome 2)

Les Veilleuses du feu : Rome (Tome 3)

Les Veilleuses du feu : Portugal (Tome 4)

Les Veilleuses du feu : Irlande (Tome 5)

Les Veilleuses du feu : Écosse (Tome 6)

Les Veilleuses du feu : Venise (Tome 7)

Les Veilleuses du feu : Grèce (Tome 8)

Les Veilleuses du feu : Suisse (Tome 9)

www.annalowe.fr

Chapitre 1

Lena courait à toute allure sur l'étroit trottoir, les poings serrés. Une Fiat Punto fila à côté d'elle, l'aveuglant avec ses phares. Quelque part au loin, des acclamations retentirent dans un bar. Il était tard, suffisamment pour que le match que tout Rome attendait depuis des semaines, une rencontre décisive, joue les prolongations. L'Italie vivait, respirait et dormait *calcio*, et elle avait eu hâte de retrouver cette atmosphère festive qui accompagnait chaque match du championnat. Mais à cet instant...

Une douleur traversa sa nuque et ses épaules se raidirent. Les nuages s'agitaient au-dessus de sa tête et la lune illuminait la rue de son éclat pâle. Un paysage qu'elle aurait adoré photographier en d'autres circonstances. Mais elle avait les poings serrés, si forts que ses ongles s'enfonçaient dans la paume de sa main et lui faisaient mal.

Non, non, non. Ça ne pouvait pas arriver. Pas encore.

— Tout va bien, tout va bien, se mentit-elle, parce que la pensée positive aidait toujours...

À quelques exceptions près, comme lorsque votre corps tentait de prendre la forme d'une bête sauvage, par exemple.

Elle se précipita dans la rue, passa devant une magnifique villa avec la tour crénelée qu'elle adorait. Mais ce soir, elle tourna à peine la tête pour se demander qui pouvait bien vivre là, comme elle le faisait en général. Elle se contenta d'accélérer sa course vers le parc Villa Pamphili. Quoi qu'il arrive, elle devait être hors de vue quand *cela* arriverait encore.

Biiiiip ! Une voiture klaxonna alors qu'elle titubait pour traverser et le chauffeur lui cria quelque chose sur le fait de boire trop de vin.

Pourtant elle n'était pas saoule, et encore moins droguée. Elle n'arrivait simplement plus à coordonner ses mouvements, ses genoux ne cessant de se dérober.

Les nuages, poussés par le vent, masquèrent à nouveau la lune et elle retrouva suffisamment de stabilité sur ses jambes pour foncer dans les ombres du parc. Un endroit où aucune femme saine d'esprit ne s'aventurerait seule la nuit, cependant elle n'avait pas le choix.

Dépêche-toi, s'ordonna-t-elle en fonçant vers la crête de la colline.

Une heure plus tôt, elle se trouvait encore dans son petit appartement sous les toits, dans une ruelle du quartier insolite de Trastevere, à Rome. Mais le sentiment agité qui l'avait rongée depuis le coucher du soleil s'était aggravé et elle avait fini par se précipiter à l'extérieur. Au début, elle avait déambulé au hasard des rues, toutefois l'instinct l'avait finalement conduite vers la plus proche des sept collines de Rome. Un instinct qui la poussait vers un lieu en hauteur, spacieux, mais isolé. Pourquoi ?

Les larmes coulèrent sur ses joues, parce qu'elle connaissait la réponse. La métamorphose terrifiante qui avait une emprise destructrice sur son corps depuis déjà trois pleines lunes se produisait une nouvelle fois. Elle n'était à Rome que depuis quelques semaines et ce sentiment étrange qui lui donnait mal à la tête depuis ce matin s'intensifia jusqu'à la faire tomber à quatre pattes ; elle gémit de douleur sous cette mystérieuse voix qui résonnait dans sa tête.

Laisse-moi sortir.

La première fois, elle s'était voûtée, avait pressé ses mains sur ses oreilles et s'était bercée jusqu'à ce que la douleur intense dans ses articulations s'apaise. La deuxième fois, elle était tombée, exactement comme maintenant, avec le sentiment que son corps se déchirait en deux. La troisième...

Elle déglutit, repoussant les souvenirs. Pendant un moment, elle avait tenté de se convaincre qu'elle avait simplement bu ou mangé quelque chose qu'il ne fallait pas. Mais ça ne cessait pas de lui arriver...

— Tout va bien, tout va bien, marmonna-t-elle pendant que ses cheveux bruns rebondissaient sur ses épaules en rythme avec sa course.

Une grande arche se trouvait sur la crête de la colline en face d'elle : l'Arc des Quatre Vents, comme elle l'avait appris alors qu'elle avait visité les environs à son arrivée.

Le vent vient de l'est ce soir, murmura sa voix intérieure. *Parfait pour voler rapidement sur la côte et revenir.*

Elle serra les dents. Toute sa vie, elle avait été anormalement consciente des vents et de la météo, et bien qu'elle soit nouvelle en Italie, le panorama lui était aussi familier que des souvenirs d'enfance. Ce qui n'aurait pas dû être possible, car sa mère avait quitté le continent avant sa naissance, et elle n'était venue qu'une seule fois ici.

Puis était survenu le jour qui avait tout changé, quand une restriction budgétaire avait conduit à son licenciement et qu'elle avait décidé d'emménager à Rome, simplement parce qu'elle le pouvait. Peu de temps après, ces crises avaient commencé. Cette *chose* essayait de s'échapper.

Elle regarda ses mains et jura. Ses ongles avaient poussé de huit centimètres, la peau rêche de ses bras s'épaississait. Si quelqu'un la voyait comme ça...

Elle se précipita sous l'Arc de Triomphe et s'arrêta. Les bruits de la ville étaient désormais lointains et le calme de la nuit l'inquiétait. Une chauve-souris passa et le vent agita les buissons alentour. Plusieurs sentiers partaient dans toutes les directions, et elle courut sur celui qui conduisait aux bois. Elle espérait pouvoir se cacher de l'éclat de la lune, qui semblait stimuler la métamorphose.

Les branches fouettaient ses jambes tandis qu'elle fonçait vers les arbres, cherchant la zone la plus dense. Cependant, « dense » restait un terme tout relatif quand il s'agissait des parcs urbains de Rome, et elle faillit ressortir de l'autre côté, quelques pas plus loin.

— Merde.

Elle recula pour se blottir contre le tronc d'un pin parasol, ferma les yeux avec force et lutta pour garder le contrôle de son corps.

Laisse-moi sortir, insista la voix dans sa tête. *Tout ira bien, je te le promets.*

Ouais, c'est ça.

Quand un nuage passa devant la lune, la sensation qui tiraillait ses épaules s'apaisa et elle prit quelques profondes inspirations. Elle pouvait gérer ça... d'une façon ou d'une autre. Elle pouvait tout gérer, comme sa mère célibataire le lui avait appris.

D'un autre côté, elle ne lui avait jamais parlé de *ça*.

Un grognement bas et rauque s'échappa de ses lèvres et elle plaqua une main devant sa bouche. Oh, Seigneur. Si elle se transformait en dragon, entièrement, cette fois, pourrait-elle retrouver sa forme humaine ? Ou sombrerait-elle dans une fureur sauvage, à piller et mettre les villes à feu et à sang ?

Sa voix intérieure souffla. *Juste un petit vol au-dessus de la côte et on revient. Je te promets d'être sage.*

Les nuages s'ouvrirent sur la lune et Lena tomba à quatre pattes en gémissant. On aurait dit qu'elle subissait toutes les formes médiévales de torture en même temps. Des ongles arrachés avec des pinces, les oreilles déchirées, les membres écartelés par quatre chevaux fonçant dans des directions opposées...

Arrête, tu exagères grommela sa voix intérieure. *Ça ne ferait pas aussi mal si tu me laissais faire.*

Jamais ! Elle ne pouvait pas laisser quoi que ce soit prendre le dessus ! Et elle ne voulait vraiment pas de nouveau corps, pas quand elle commençait enfin à accepter le sien avec ses défauts et ses imperfections. Il lui avait fallu presque trente ans pour en arriver là, bon sang !

Tout ira bien. Elle serra les dents.

C'est vrai. Arrête de lutter et tu verras.

Mais Lena ne voulait pas voir. Elle avait envie de se rouler en boule et se réveiller de ce cauchemar, si différent des rêves plaisants qu'elle faisait depuis des années. Dans ceux-là, elle était dans un corps de dragon et survolait paisiblement et avec assurance les paysages toscans.

Au lieu de cela, ses ongles s'enfoncèrent dans les touffes d'herbe, à lutter pour reprendre le contrôle. Ses dents lui faisaient mal. Sa bouche était brûlante, comme un feu, et elle ne put retenir un nouveau gémissement. Puis encore un, et un autre, jusqu'à ce qu'un nouveau nuage cache la lune et que la douleur s'apaise.

Elle haleta contre le sol. Elle entendit des bruits de pas précipités sur un sentier non loin et se figea, se concentrant autant qu'elle le put pour en trouver la source. Un chien. Un très gros chien. Pourquoi n'était-il pas attaché ?

Puis elle déglutit. C'était un loup, et non un chien.

Elle resta accroupie, priant pour que l'animal s'en aille. Mais il s'assit, leva le museau et commença à hurler... un hurlement long, solitaire. Aussi clair que du cristal et pourtant étouffé, comme s'il tenait à rester aussi discret qu'elle. Il chanta, une note pleine de tristesse après l'autre, une mélodie de douleur et de solitude. Puis il s'arrêta brutalement et tourna la tête pour regarder autour de lui.

Lena aurait voulu plonger, mais elle tomba, de nouveaux spasmes secouant tout son corps. Le dos de sa chemise se déchira dans un bruit qui n'aida pas à la rassurer.

Laisse-moi sortir. Célèbre ta véritable nature, dit la voix.

Sa vision devint floue, mais son odorat sembla devenir plus acéré en quelques secondes, captant des dizaines d'effluves intenses à la fois. Comme l'arôme sec et chargé de plantes de la terre sous ses ongles, les émanations âcres des feuilles qui moisissaient, et aussi des parfums plus frais. Elle nota aussi les odeurs d'autres personnes, comme la piste laissée par un chien en rut qui vagabondait et l'odeur rance de la sueur d'un jogger qui était passé plusieurs heures plus tôt.

Ouaf.

Elle se figea. Le bruit de mouvement était faible, cependant l'animal qui venait d'avancer ne se trouvait plus qu'à quelques pas de là. La vision toujours floue, elle devina malgré tout les buissons qui s'agitaient et l'odeur musquée du canidé qui se rapprochait.

Oh, Seigneur. Le loup. D'une minute à l'autre, ses crocs déchireraient sa chair.

Mais elle ne pouvait ni fuir ni se cacher. Elle ne pouvait que se recroqueviller et continuer d'enfoncer les doigts dans la terre.

— Psst, marmonna-t-elle. Va-t'en.

Des crampes saisirent ses muscles, et ses coudes se plièrent dans un angle anormal.

Elle entendit des reniflements à son oreille et la chaleur du souffle du loup contre sa joue lui indiqua qu'il s'était rapproché d'elle.

Wouf, dit le loup dans un murmure canin.

L'esprit embrouillé de Lena était partagé entre plusieurs messages contradictoires. *Arrête. Aide-moi. Laisse-moi tranquille.*

Elle ne pouvait plus voir les nuages s'agiter, toutefois elle les sentit s'ouvrir à nouveau et elle gémit misérablement.

— Non...

Ses doigts disparaissaient. Ses bras aussi. Un lourd manteau tomba sur ses épaules. Puis le tissu de ses vêtements se déchira encore et elle chercha autour d'elle d'un regard fou, apercevant les images brouillées de son environnement. Les arbres formaient un auvent au-dessus d'elle... Un loup penchait la tête, curieux... Des ailes...

Des ailes ?

Ses joues et son nez la brûlaient et elle sentit un tiraillement. Le loup recula. Pourtant, un instant plus tard, l'air brilla, et il se tenait sur ses pattes arrière.

Elle sentit son pouls s'accélérer. Oh, merde. Il allait lui sauter dessus. Il s'apprêtait à enfoncer ses crocs dans sa chair.

Mais il ne sauta pas. Dans un mouvement lent, il se transforma, jusqu'à ce qu'il ne reste plus qu'un humain à la place de la bête. Un homme grand, musclé, avec des cheveux noirs de la même couleur que la fourrure du loup qu'il avait été. Il s'accroupit et l'observa, puis parla d'une voix grave, basse et douce.

— *Stai bene ?*

Non, elle n'allait pas « bene ». Pas du tout.

Pitié, faites que ça s'arrête. Pitié, aidez-moi, voulait-elle crier.

Mais elle ne put que lâcher :

— Allez-vous-en.

Parce que, merde, elle était seule dans le parc, de nuit, et ses vêtements étaient à moitié déchirés. Qui savait ce que l'homme-bête pouvait lui faire ?

Ses paroles durent sortir dans un bredouillement, car il marqua un temps d'arrêt avant de changer de langue, avec un accent italien.

— Tu vas bien ?

Puis il jura et ajouta en italien :

— Bien sûr qu'elle ne va pas bien.

Et il reprit en anglais :

— Laisse-moi t'aider. Je te promets que tout ira bien.

Elle aurait voulu le croire, mais pourquoi le ferait-elle, alors que son corps entier était en feu et que ses membres se brisaient les uns après les autres ?

— Respire. Ne lutte pas. C'est ta première fois, non ? murmura l'étranger.

Elle ouvrit la bouche, n'arrivant qu'à tousser. Sa gorge la brûla et une petite étincelle éclaira la nuit.

L'étranger s'écarta en jurant. *Drago.*

Non, aurait-elle voulu protester. *Pas un dragon. Juste moi.*

Mais, bordel. Ses bras ressemblaient quand même beaucoup à des ailes et son nez s'allongea dans une forme de museau.

— Non, gémit-elle quand la douleur envahit ses nerfs.

— Tout va bien. Respire.

Elle aurait voulu pouffer. Respirer n'aiderait pas, surtout quand il y avait le risque de cracher du feu. Mais entre la voix autoritaire de l'homme et sa main douce, elle fut surprise de sentir son souffle paniqué ralentir.

— *Sì.* Comme ça, murmura-t-il en lui touchant le dos. De profondes inspirations.

Elle fronça les sourcils. Se prenait-il pour un expert en matière de métamorphose ? Et d'où croyait-il avoir le droit de la toucher ?

Mais sa caresse était plus réconfortante qu'elle ne voulait bien l'admettre. Son cœur s'apaisa un peu et le manteau imaginaire quitta ses épaules, laissant ses ailes redevenir des bras.

Parlez encore. Touchez-moi encore, aurait-elle voulu le supplier. Quoi qu'il fasse, cela fonctionnait.

Sa vue redevint plus claire et elle réalisa qu'elle était accroupie, des pans de tissu pendant sur ses flancs. Puis elle trembla et posa son regard dans les yeux les plus sombres, les plus profonds qu'elle ait jamais vus. Un regard honnête, intense, qui ne la quittait pas et semblait lui promettre... non, lui jurer que tout irait bien.

— Bien, murmura-t-il. Tu vois ? Ça va déjà mieux. Essaie de...

Une brindille cassa et il tourna la tête à gauche. Lena fit de même.

— Un loup, glapit-elle quand elle repéra le second animal.

Il avait la fourrure plus claire et un air plus menaçant. Cruel, presque. Très différent du premier.

L'homme, qu'il soit son sauveur ou son futur agresseur, se leva de toute sa hauteur pour le faire fuir.

Le loup aboya une fois et l'homme fronça des sourcils en réponse.

— Non, va-t'en, ordonna-t-il d'un ton bien plus sec qu'il avait utilisé avec elle.

Lena n'avait aucune idée de ce qu'il se passait. Elle savait seulement que le nuage qui bloquait la lumière de la lune était très grand. Assez en tout cas pour lui offrir un temps de répit, et peut-être même assez pour fuir les deux bêtes qui se toisaient.

— Je t'ai dit de t'en aller. Dernier avertissement, lança l'homme au loup.

L'animal passa la queue entre ses pattes et recula, mais ne partit pas pour autant. Il regarda Lena avec cupidité et se lécha les babines.

L'homme marmonna dans sa barbe en italien, quelque chose au sujet de la manière douce ou la manière forte, de ce que comprit Lena. Puis il avança, quittant l'abri des arbres.

Il avait les fesses à l'air. En fait, il était entièrement nu. Et... quelle vision ! Une statue vivante, avec des muscles finement sculptés, comme un chef-d'œuvre de la Galerie Borghèse qui aurait pris vie. Elle sentit son corps se réchauffer et une pulsion lui donna envie de le suivre pour caresser les lignes si parfaites de ce corps.

Puis elle se reprit. Beurk. Est-ce que se transformer en dragon était accompagné de désirs libérés ? Elle devait se tirer de là au plus vite et arrêter de baver sur le derrière d'un homme, aussi parfait soit-il.

Lentement, elle recula dans les bois pendant qu'il faisait fuir le loup.

Attends... lança quelque chose en elle. *On a besoin de lui, et il a besoin de nous.*

Mais elle se força à aller plus vite. C'était sa seule chance pour échapper aux deux bêtes, et peut-être même fuir ce qui s'agitait en elle. Si elle rentrait et se cachait de la lune, elle pourrait la maintenir à distance.

Ses premiers pas furent tremblants, mais les suivants plus rapides, et bientôt, elle se surprit à courir hors du parc en serrant les pans de ses vêtements déchirés contre elle. Elle pouvait s'en sortir. Elle s'en sortait toujours.

Quant à l'homme-loup qui l'avait aidée, il pouvait, de toute évidence, se débrouiller tout seul.

Lena osa un dernier regard en arrière avant de se précipiter chez elle. Un endroit où elle pourrait se cacher de la lune, et de l'horreur de ce qu'elle risquait de devenir.

Chapitre 2

Lena plongea la main dans la fontaine en bas de l'escalier de la Trinité-des-Monts, laissant l'eau fraîche apaiser ses doigts. Des doigts, et non des serres, Dieu merci.

Elle se secoua légèrement. Une semaine entière était passée depuis cette affreuse nuit dans le parc, et son corps n'avait pas subi de nouvelle métamorphose depuis que la pleine lune avait commencé à décliner.

Rapidement, elle se sécha les mains et pointa son appareil photo vers l'escalier de la Trinité-des-Monts pour prendre quelques clichés. Tout allait bien. Parfaitement bien. Elle n'était qu'une humaine normale parmi tant d'autres. En tout cas... pour le moment. En théorie, elle avait maintenant trois semaines pour comprendre ce qui lui arrivait et trouver un moyen pour l'arrêter. En attendant, elle avait des factures à payer, donc elle devait travailler.

Elle réajusta les paramètres de son appareil et prit d'autres photos. Mais même là, elle dut faire un effort surhumain pour se concentrer, car son imagination ne cessait de *le* dessiner dans l'objectif. L'homme-loup du parc... le seul point positif au cœur de son cauchemar. Elle ne se souvenait pas clairement de son visage, cependant sa voix résonnait toujours dans son esprit, et le besoin inexplicable de le voir la torturait depuis. C'était comme un de ses coups de cœur d'adolescente, en beaucoup plus intense. Du réveil au coucher, et parfois même une fois au lit, elle pensait à lui. Qui était-il, exactement ? Qu'était-il ? Et, par-dessus tout, le reverrait-elle un jour ?

Elle se reprit. Sa mère l'avait toujours mise en garde : plus l'attirance est forte, plus la déception sera profonde.

C'est comme ça avec tous *les hommes.*

De plus, ce type dans le parc était un inconnu, et il n'était même pas humain.

— Merde. Concentre-toi, murmura Lena.

Elle bricola son appareil avant de regarder sa montre. La femme qu'elle devait retrouver était en retard, et les couleurs brillantes du ciel à l'aube derrière l'église disparaîtraient bien vite.

Reprends-toi et profite entièrement d'une autre belle matinée à Rome, s'ordonna-t-elle.

C'était vrai. Combien de fois dans une vie une jeune femme avait-elle l'occasion de profiter, seule, des monuments de Rome ? Dans quelques heures, l'escalier de la Trinité-des-Monts serait envahi de touristes et de couples. Mais, pour le moment, c'était assez calme pour entendre les gargouillis de la fontaine un peu plus bas. Une distraction parfaite pour chasser les inquiétudes qui envahissaient son esprit.

Zoomant avec son objectif, elle fronça les sourcils en regardant un coin des marches. Les balayeurs de rues étaient passés pour tout nettoyer, mais ils avaient manqué un bout de chewing-gum près de deux initiales gravées en forme de cœur. Lena prit plusieurs clichés, imaginant comment elle pourrait les légender. *Dégâts éternels dans la Ville éternelle ?* Ou peut-être *Ne prenez que des photos, ne laissez que des souvenirs ?*

Elle prit une profonde inspiration, se rappelant que Rome avait survécu à bien pire au fil des siècles. Malgré tout, elle posterait rapidement ces photos sur les réseaux sociaux. Les habitants et les touristes avaient besoin de ces petits rappels sur les bonnes manières. Et ça l'aiderait peut-être à penser à autre chose qu'à l'incident du parc.

— Oh, bordel de merde ! porta une voix brusque depuis une rue parallèle. Ces pavés vont finir par me casser un talon !

Lena prit une profonde inspiration. Amber arrivait enfin pour son shooting.

— Lena ! appela-t-elle en se précipitant vers elle en traînant... un voile de mariée de trois mètres ?

Lena tourna la tête quand la nouvelle venue lui fit une bise sur chaque joue.

— Amber. C'est bon de te revoir.

Ce n'était pas un mensonge, car Lena appréciait ses clients réguliers. D'un autre côté, son vomitomètre interne était en alerte, parce que, bon sang. Les lèvres d'Amber étaient deux fois plus épaisses et pulpeuses que dans ses souvenirs, tout comme sa poitrine. Amber avait toujours eu des attributs généreux, toutefois il semblait qu'elle avait investi ses premiers chèques du monde du show-biz dans ses propres, euh, atouts.

Amber McClosky, alias Amber van Love, sourit et remonta sa poitrine.

— Oh, tu as remarqué les jumelles. Tout le monde les voit. J'ai fait un peu de changement. Tu ne les trouves pas sublimes ?

Lena força un léger sourire. Elle était très heureuse de son modeste bonnet C, merci bien. Mais si ça rendait Amber heureuse...

Elle regarda la starlette montante dans les yeux, toutefois la joie était difficile à trouver au milieu de toute cette ambition. Elle y lut aussi de la peur et de la solitude, sans oublier cette petite pointe d'avidité.

Lena se racla la gorge et détourna le regard. Même si les yeux étaient le miroir de l'âme, elle devait arrêter de se la jouer psychologue amatrice.

— On ferait mieux de commencer avant de perdre cette lumière, lança-t-elle en désignant l'escalier emblématique.

— Vicente sera là dans une minute, dit Amber en repoussant ses cheveux blond platine. On a eu une longue nuit, si tu vois ce que je veux dire.

Lena sourit, comme si elle savait tout des folles nuits de sexe sauvage... Puis elle fit un geste vers la robe de la jeune femme.

— Est-ce que les félicitations sont de rigueur ?

Le gloussement d'Amber fut tellement fort qu'il réveilla sans doute la moitié de Rome.

— Nous ne sommes pas fiancés... pour le moment. Mais une fois ces photos publiées, les rumeurs vont aller bon train.

Elle se frotta les mains l'une contre l'autre.

— Gary va être tellement jaloux.

Lena pinça les lèvres. Quand Amber lui avait téléphoné deux semaines plus tôt pour réserver un shooting photo, le nouveau petit ami dont elle avait parlé était Alberto, et non Vicente. Mais Gary, lui, avait bien été mentionné. C'était le producteur hollywoodien plus âgé de quelques décennies qui l'avait larguée peu de temps avant

— Tu y crois, toi, que Gary m'ait traitée de starlette à deux balles ? marmonna Amber. Je vais lui faire voir.

Lena préféra ne pas répondre.

— Et si nous commencions ? On pourrait faire quelques clichés solos pour s'échauffer.

— Oh, j'imagine que oui.

Amber leva les yeux au ciel avant d'immédiatement faire une moue à la Marilyn Monroe.

Lena prit consciencieusement des clichés, se rappelant mentalement combien elle allait être payée pour cette séance.

— Pas mal. Tu pourrais jeter ce voile sur ton épaule ?

Amber obéit, et la lumière rose qui se reflétait à travers le voile était du meilleur effet. Lena nota mentalement d'essayer ça pour le prochain shooting de lune de miel qu'elle aurait à faire.

— Et comme ça ?

Amber posa un pied au bord de la fontaine et laissa sa robe remonter, révélant des bas en dentelles retenus par des jarretières qui semblaient plus adaptées pour le bondage.

— Pas mal, murmura Lena en tentant de ne pas vomir.

Et de ne pas bâiller non plus, parce que ses cauchemars... et ses rêves érotiques qui mettaient en scène l'homme du parc l'avaient hantée toute la semaine, lui volant de précieuses heures de sommeil.

Elle roula des épaules, s'assurant que des ailes ne lui poussaient pas contre son gré, et reporta son attention sur son travail. Mais Amber s'écarta tout à coup.

— Enfin ! Tu es là.

Une femme avec une mallette à cosmétiques se précipita vers elles et commença à toucher les cheveux d'Amber.

— Voici Antonia, ma maquilleuse, la présenta-t-elle. Lena est la photographe dont je te parlais. Les photos qu'elle a prises de moi à New York m'ont propulsée vers la célébrité.

Lena n'était pas certaine que participer à une émission de télé-réalité sur une chaîne câblée comptait comme être « propulsée vers la célébrité », néanmoins elle appréciait le compliment sur son travail.

— Quand j'ai découvert que Lena était à Rome, je suis venue directement la voir. Pas vrai ?

Lena acquiesça.

— C'est tout à fait ça.

Antonia sourit et parla avec un fort accent.

— J'adore votre balayage. Où l'avez-vous fait ?

Lena toucha ses cheveux qui lui arrivaient aux épaules. Ils étaient d'un brun chocolat aux pointes dorées.

— Je n'ai rien fait, ils sont naturellement comme ça.

— Tu as de la chance, intervint Amber. Je dois tellement faire de choses sur mes cheveux pour qu'ils soient aussi beaux.

Elle repoussa sa crinière décolorée et pouffa de rire en bombant la poitrine.

— Heureusement que les jumelles ne demandent pas autant de travail.

Elle tourna d'un coup la tête sur sa gauche et fit un signe de la main.

— Oh, voilà Vicente ! Coucou !

— *Ciao, bella*, lança l'homme qui avançait à grands pas.

Il y avait en réalité trois hommes : Vicente, plus deux autres, jeunes et assez musclés pour donner l'impression qu'ils sortaient tout droit d'un magazine de body-building en se pavanant. Vicente se dirigea droit sur Amber pendant que les deux autres se déployaient, étudiant les alentours comme deux gardes du corps.

Lena marqua un temps d'arrêt. Leur regard acéré, un peu comme des agents secrets, lui fit comprendre qu'ils étaient réellement gardes du corps.

Elle détourna les yeux pendant qu'Amber et Vicente s'embrassaient. Se dévorant même bruyamment la bouche.

Beurk.   Était-il vraiment nécessaire qu'ils se frottent l'entrejambe de cette façon ?

Amber s'écarta pour respirer, rouge et heureuse.

— Il ne peut pas se passer de moi.

Lena réussit à faire un microsourire. De toute évidence.

— Lena, voici Vicente.

Amber tapota l'immense torse de l'homme, faisant tinter son épais crucifix en or.

— Ravie de vous rencontrer, dit Lena en lui serrant la main.

L'envie de reculer la saisit au moment même où ils se touchèrent. L'eau de Cologne de Vicente dégageait une forte odeur, pourtant il émanait également de lui comme un relent de pourriture. Et quand elle croisa son regard...

Elle se força à ne pas reculer, malgré tout son cœur s'affola et son instinct lui hurlait de fuir. À la surface, Vicente n'était qu'un Italien séduisant comme bien d'autres, le genre qui transpirait la testostérone, qu'elle soit ou non naturelle. Mais son regard...

Elle déglutit. Ce regard noir et hautain ne renvoyait rien d'autre qu'une avidité cruelle et calculatrice. Le regard d'un criminel qui ne reculerait devant rien pour obtenir ce qu'il voulait.

Heureusement, il ne lui portait pas le moindre intérêt... merci Dieu pour le bonnet C et son jean totalement basique. Il relâcha sa main un instant plus tard et grogna poliment :

— *Piacere.*

Ravi de vous rencontrer.

Lena se tourna, souhaitant oublier ce qu'elle avait vu dans le regard de Vicente. Quelque chose de cruel. De diabolique. D'animal, presque, et ce n'était pas un compliment.

— Maintenant, commençons, déclara Amber en tirant son amant vers l'escalier.

Lena déglutit une nouvelle fois et se cacha derrière son objectif. Vicente déclenchait une alerte dans son esprit. Était-il un mafieux ? Un Mussolini en herbe ? Un violeur en série ?

Amber, aurait-elle voulu chuchoter. *Qu'est-ce que tu fais avec ce mec ?*

Mais elle ne pouvait pas, et elle ne le ferait pas. Elle se contenta de prendre des photos alors que son cœur ne ralentissait pas le rythme de ses battements. Plus tôt elle aurait fini ce travail, plus tôt elle pourrait fuir Vicente et ses malfrats.

Elle travaillait la plupart du temps avec des couples en lune de miel qui avaient besoin de légères instructions. « Mettez votre main ici », « Penchez votre tête », « Rapprochez-vous », ce genre de choses. Mais Amber avait un don naturel pour les poses sexy. D'abord, elle plaça Vicente dos à l'appareil et regarda par-dessus son épaule en plongeant les ongles dans son dos dans une pose digne d'un porno. Ensuite, elle attrapa ses mains et se pencha en arrière jusqu'à être presque tête en bas devant l'objectif.

— Waouh, murmura Lena.

Amber avait-elle conscience qu'on voyait parfaitement les jumelles sous cet angle ?

Bien sûr que oui, répondirent ses yeux brillants. *Assure-toi de ne rien louper.*

Quelques lève-tôt arrivèrent et les regardèrent avec curiosité, mais les gardes du corps les gardèrent à distance. Amber attira Vicente dans l'un de ces baisers à la *Autant en emporte le vent*, penchée en arrière dans ses bras, comme beaucoup de nouveaux mariés aimaient le faire. Le dernier couple que Lena avait photographié dans cette pose avait fini pouffant de rire, à s'échanger des œillades pleines d'amour, totalement et complètement transi. Amber, quant à elle, avait plutôt des dollars dans les yeux et Vicente un air possessif qui n'avait rien de mignon. Plutôt du genre « Tu es à moi, et tu me donneras tout ce que je demande. »

Lena ravala difficilement sa salive, sentant la bile lui monter. C'était le problème quand on avait cette étrange vision à rayons X. Parfois, elle pouvait jurer qu'elle voyait l'âme des gens. Malgré cela, personne ne l'avait autant perturbée que Vicente jusque-là.

Tout à coup, les gardes du corps se hérissèrent lorsqu'un homme approcha. Ils se détendirent néanmoins quand il fut arrivé à leur niveau, et ils se saluèrent d'un hochement avant de reprendre un air dangereux.

Le nouveau venu ressemblait aux autres, avec pourtant quelques différences. Ses cheveux noirs étaient courts et bien coiffés, son costume taillé sur mesure, ses mouvements amples et calculés.

Son cœur rata un battement et elle retint son souffle. Est-ce qu'elle le connaissait ?

— Et ensuite ? lui lança Amber.

Lena reporta son attention sur sa cliente, même si elle éprouvait un peu de mal à se concentrer aujourd'hui.

— Pourquoi pas par ici ?

Pendant qu'Amber aidait Vicente à prendre une pose, Lena murmura à la maquilleuse :

— C'est qui, lui ?

Antonia se tourna et soupira.

— Sergio. *Bello*, pas vrai ?

Elle soupira à nouveau puis fit un signe de la main et continua en italien :

— Ils sont tous comme ça. Comme Tolino, là-bas.

Elle désigna l'un des gardes du corps. Puis elle regarda vers Vicente et baissa la voix :

— Mais Vicente est le célibataire le plus convoité de Rome, avec une fortune qui s'élève à deux cents millions d'euros. Ça fait combien, en dollars ?

Lena haussa les épaules. Beaucoup, sûrement, mais elle s'en fichait.

Du coin de l'œil, elle observa le nouvel arrivant pour le détailler. Enfin, c'était ce qu'elle voulait faire, mais à l'instant où leurs yeux se croisèrent, le temps s'arrêta et leurs regards se figèrent.

Qui es-tu ? semblait demander le regard troublé de l'homme. *Pourquoi j'ai l'impression de te connaître ?*

Elle se posait la même question. Elle faillit laisser échapper un petit cri lorsqu'elle réalisa.

Toi.

Toi, répondit l'expression surprise du jeune homme.

Le cœur de Lena se mit à battre plus fort encore qu'après sa rencontre avec Vicente. C'était l'homme-loup du parc, elle en était sûre. Travaillait-il pour Vicente ?

Étrangement, elle en doutait. Ce regard profond et honnête, très expressif, lui criait que ce n'était pas le cas. Il semblait rester prudent, d'une façon qui donnait à Lena l'envie de creuser plus loin.

Non, semblait répondre tout le corps de Sergio. *N'y pense même pas.*

Le regard de certaines personnes avait ce pouvoir. Des gens qui avaient enduré des choses terribles et voulaient oublier. Des gens qui avaient fait des choses terribles également, et avec des secrets qu'ils protégeaient de leur vie.

Alors, elle ne chercha pas plus loin. Mais, aussi stoïque qu'il soit, certaines choses transparaissaient. L'attente de quelque chose, l'amour et l'honneur.

Ce qu'il voyait en elle, elle ne saurait le dire, mais, bon sang. Il restait tout aussi immobile et essoufflé qu'elle.

Sergio, murmura une voix éprise dans son esprit. *Il s'appelle Sergio.*

Elle sourit timidement et sentit ses joues se réchauffer et s'empourprer.

Sur l'escalier, Amber indiquait à Vicente comment arranger son voile, et leurs voix attirèrent l'attention de Sergio et de Lena. Puis Sergio regarda à nouveau vers elle et s'assombrit.

Milady, semblait-il supplier du regard, *qu'est-ce que tu fais avec ce type ? Tu ignores combien il est dangereux ?*

Lena faillit lui demander à voix haute s'il ne l'était pas lui aussi. Après tout, de loup, il était devenu homme juste devant ses yeux. Selon ses critères, il cochait toutes les cases de ce qui était dangereux.

Sergio regarda autour de lui, observant les autres. Il lui adressa un regard appuyé avant de reprendre un air totalement neutre.

Lena fronça les sourcils. Que se passait-il ?

Fais-moi confiance, demanda-t-il d'un dernier regard insistant.

Lui faire confiance ? Elle ne le connaissait même pas. Et lui, il connaissait son secret.

D'un autre côté, elle connaissait aussi le sien.

— Et comme ça ? demanda Amber.

Lena remonta son appareil et souffla pour chasser la sueur sur son front.

— C'est super. Ne bougez pas.

Clic, clic, clic. Son appareil chauffait alors qu'elle tentait de se reprendre.

— Merde, fit alors Amber en portant la main à son ample poitrine.

Le mot résonna dans le silence matinal, faisant tourner les têtes, toutefois Amber ne le remarqua pas.

— J'ai oublié mon collier. Bon sang. Des accessoires. J'ai besoin d'accessoires ! Lena ?

Elle claqua des doigts.

— Tu n'avais pas cette boîte avec toi la dernière fois ?

Lena se sentait à un million de kilomètres de là, l'esprit toujours occupé par Sergio.

— Oui, la boîte. Une seconde.

À l'instant où Amber s'écarta de Vicente, celui-ci sortit un téléphone et commença à aboyer en italien dans le combiné. Lena fouilla dans son sac et sortit les pochettes une à une.

— D'accord, j'ai ça... ça...

Un objet après l'autre, elle leva les accessoires qui aidaient parfois à habiller ses séances photo. Un foulard à fleurs... Une boîte matelassée avec une bouteille de champagne miniature et ses deux verres... Un tube pour faire des bulles de savon...

— Non. Seigneur, non. Non.

Amber rejeta tous les objets les uns après les autres jusqu'à ce que tout à coup elle dise :

— Attends. Ça. Je veux ça.

Lena avait failli ne pas le voir, parce que son regard ne cessait de se tourner vers Sergio. Puis elle vit ce dont Amber parlait et couvrit le collier qu'elle n'avait pas eu l'intention de montrer. C'était un pendentif en diamant qu'elle avait trouvé la veille au marché aux puces. Enfin, on aurait dit un diamant, mais pour cinq euros cinquante, ce devait être du toc. Il restait beau malgré tout.

À la base, elle avait voulu l'utiliser pour ses séances, cependant lui semblait mal. Très mal, comme s'il s'agissait d'un héritage que personne à part elle ne pouvait toucher.

Malgré ça Amber arrachait déjà le bijou de ses mains pour le passer autour de son cou.

— Là, aide-moi.

Lena se mordit la lèvre. Elle ne pouvait pas demander à récupérer la breloque sans faire une scène, alors que pouvait-elle faire d'autre ? Comme pour beaucoup de choses dans sa vie, elle devait se contenter de serrer les dents et encaisser. Elle attrapa alors le collier et le ferma sous les cheveux décolorés d'Amber.

— Ouah, regardez comme il brille, souffla la maquilleuse.

Lena sourit légèrement. Elle avait dit la même chose quand elle avait trouvé le diamant. Et là, avec le soleil du matin qui se reflétait dessus...

— Magnifique, murmura-t-elle.

Le regard d'Amber brilla et même les hommes se tournèrent. Les gardes du corps échangèrent des regards mal à l'aise et Vicente marqua un temps d'arrêt. Tout comme Sergio, dont l'expression semblait s'être muée en émerveillement.

Lena aurait voulu rire et leur avouer que ce n'était que du toc, mais il avait l'air si réel. Il brillait tellement !

Vicente plissa des yeux et une étrange sensation de panique traversa Lena. Rapidement, elle sortit un autre bijou.

— Je pense que celui-ci sera mieux.

Mais Amber le rejeta d'un geste de la main.

— Il est parfait. Tu n'aimes pas, Vicente ?

Lena retint son souffle. Vicente semblait intéressé. Bien trop intéressé. Mais à l'instant où Amber plaça le collier entre ses énormes seins, il perdit son éclat. Vicente l'étudia un moment encore, puis lança un regard noir à Lena.

— On a bientôt fini ?

— Encore quelques photos, lui assura Amber. Maintenant, prends mes mains...

Lena tenta de prendre des clichés, mais ses doigts tremblaient. Son esprit ne cessait de naviguer entre Sergio et le bijou.

Qui était-il ? Et ce collier... pourquoi lui donnait-il l'impression d'être si important ?

Récupère-le ! Mets-le en sécurité ! criait son esprit.

— OK, dernière pose. Penchez la tête par-là, se força-t-elle à dire.

Amber pressa la joue contre celle de Vicente et Lena se sentit malade. Tout dans le petit ami de la jeune femme puait la cruauté, de même que tout en Sergio rappelait l'honneur. Pourquoi ?

De nouveaux touristes apparurent et les gardes du corps de Vicente se rapprochèrent.

— On a fini, annonça Lena, en essayant de garder un air amical et enjoué. C'était une très bonne séance. Merci, tout le monde.

Amber affichait un sourire à un million de watts, mais, dès que Lena eut fini de parler, elle le laissa retomber.

— Merci, mon Dieu. Ces chaussures me tuent les pieds. Tu me portes à la voiture, bébé ?

Mais Vicente s'était déjà écarté pour presser son téléphone à son oreille.

« Tu mérites mieux, Amber », aurait-elle voulu chuchoter. Mais elle n'avait pas le cran, et encore moins avec Sergio à côté. Il regardait les bâtiments autour de la place, néanmoins elle n'était pas dupe : ses pensées étaient focalisées sur elle autant que les siennes sur lui.

Elle s'occupa en montrant les photos à Amber, puis dit l'air de rien :

— Oh, je vais devoir reprendre ça, s'il te plaît.

Amber opina du chef d'un air absent.

— Belle photo. Oh, elle est sublime ! Mince, Gary va être tellement jaloux.

La maquilleuse retira le collier sous les cheveux bouffants d'Amber et le rendit à Lena. Quand celle-ci l'attrapa, le soleil illumina à nouveau le diamant et il étincela de mille feux.

— Waouh, il recommence, s'émerveilla Antonia.

Pendant un instant, la lumière fascina Lena, puis elle enfouit rapidement le bijou dans sa poche.

— Eh bien, merci, dit-elle, pour passer à autre chose.

Amber avait déjà envoyé le paiement en ligne et Lena avait plus qu'envie de mettre fin à cette séance, bien trop éprouvante pour ses nerfs.

— Chéri ? Bébé ? appela Amber.

Elle grimaça devant le manque de réaction de Vicente et afficha un faux sourire.

— Mon homme est toujours en train de bosser.

De bosser sur ses futurs crimes ? Lena en était persuadée, mais elle ne dit absolument rien.

— Mon agent va adorer ces photos. Et Gary...

Le regard d'Amber étincela de malice.

— Tu as du temps pour une autre séance ? Je pensais à prendre une photo avec Vicente près de la fontaine de Trevo.

— La fontaine de Trevi, corrigea Lena. Je vais devoir vérifier mon planning.

Un planning qui était parfaitement libre. Il était difficile de dire non à deux cent cinquante euros de l'heure. Pourtant, est-ce que ça en valait la peine ?

Derrière Amber, Sergio secoua rapidement la tête. *Ça n'en vaut pas la peine. Refuse.*

Il ne parla pas, mais étrangement, Lena comprenait que c'était exactement ce qu'il voulait lui dire. Malgré ça elle n'avait pas besoin d'un homme pour lui dire quoi faire. Elle pouvait penser par elle-même.

— Je vais devoir vérifier le mien aussi, continua Amber. Vicente est un homme très occupé, et je l'occupe pas mal moi-même.

Elle agita le peu de sourcils qui lui restait.

— Je t'appelle, ça marche ?

Lena acquiesça.

— Bien sûr. Ça serait super.

Un livreur sur une petite mobylette passa à toute allure, emplissant l'air de fumée. Amber agita la main devant son nez.

— Je m'en vais. Bye.

Elle s'écarta, suivant Vicente et ses gardes du corps. Antonia leur emboîta le pas, mais Sergio resta.

— Ne fais pas ça, grogna-t-il à travers ses lèvres presque closes.

Elle aurait pu jurer voir ses yeux luire légèrement. Comment faisait-il cela ? Et pourquoi se sentait-elle littéralement attirée par cet homme ? Elle se rapprocha... encore...

Sergio se pencha également. Ses lèvres frémirent et ses yeux orageux s'assombrirent. Pendant un instant, le voile qui masquait son regard se leva et elle y lut... de la douleur. Des regrets. De la nostalgie. Si fort que son cœur se serra.

Elle resta bouche bée quand le regard de Sergio brilla, car ce qu'elle y vit changea du tout au tout. Il y avait maintenant du désir. Pas un désir sauvage et exigeant. Plutôt du genre qui promettait amour, honneur et protection. Pour toujours.

Pour toujours, chuchota quelque chose en elle.

Puis Tolino, l'un des gardes du corps, l'appela, et le rideau retomba sur les yeux de Sergio. Il se tourna et suivit les autres, laissant Lena plus vide et plus confuse qu'elle ne l'avait jamais été.

Chapitre 3

Sergio endura une autre matinée interminable avec Vicente avant d'enfin réussir à s'en aller. Être avec cet homme était une torture constante, cependant ces dernières heures avaient été encore plus difficiles tant son esprit déraillait. Une semaine durant, il n'avait eu de cesse de rêver de la femme dans le parc. Et, désormais, le destin les avait réunis une nouvelle fois.

Qui était-elle ? Qu'était-elle ? Pourquoi son loup intérieur était-il à ce point survolté ?

Le destin, murmura la bête. *Ce doit être ça.*

Son cœur battait toujours à tout rompre et les mêmes mots résonnaient dans son esprit.

Compagne.

Notre compagne, acquiesça le loup.

Que pourrait-elle être d'autre ? Son pouls battait trop vite et son esprit était rempli d'images bienheureuses d'eux deux réunis.

— *Scusi,* murmura-t-il à une personne qu'il bouscula dans la rue.

Et merde. Il devait se reprendre.

Mais il ne voyait rien d'autre que cette femme. Lena, avec ses cheveux courts et bouclés, son sourire à la Julia Roberts, son parfum enivrant de jasmin et de laurier-rose. Par-dessus tout, c'étaient ses yeux vert foncé qui lui revenaient. Des yeux qui pourraient lire jusque dans son âme s'il n'avait pas dressé ces murs. À en juger par ce qu'il avait vu dans le parc, elle était plus humaine que métamorphe, néanmoins son regard sondait le sien comme seul un puissant métamorphe pouvait le faire. En général, il restait sur ses gardes face à ça. Mais avec elle, il suffisait qu'elle le contemple le temps d'une seconde, et toutes ses défenses retombaient.

Le destin, répéta son loup, le souffle coupé.

Il fronça les sourcils tout en marchant. Qu'est-ce que Lena faisait en compagnie d'un connard comme Vicente, l'un des plus grands génies du crime de Rome ? Cette autre femme, Amber, pouvait faire ce qu'elle voulait. Mais jamais Sergio ne laisserait sa compagne se mettre en danger aux côtés d'un gars comme lui.

Alors pourquoi l'as-tu laissée partir ? grogna son loup.

Sergio grimaça. Si Vicente avait remarqué son intérêt pour Lena, elle serait devenue vulnérable, et lui aussi par la même occasion, ce qui était nouveau. Il avait passé dix ans dans la Légion étrangère et n'avait jamais réellement apprécié le luxe d'être sans attache. Les seules personnes qui se préoccupaient de lui étaient ses frères d'armes. Aucun talon d'Achille : ni petite amie ni femme...

Ni amante, murmura son loup.

Sergio passa les mains dans ses cheveux coupés court et redressa sa cravate, s'assurant d'avoir l'air propre sur lui sans pour autant ressembler à un criminel. Comme d'habitude, il surcompensait sans doute.

Bien entendu, avoir un aspect soigné et se sentir bien dans sa peau étaient deux choses totalement différentes.

Oh, je me sens très bien, dit son loup. *Et je me sentirais encore mieux si nous retrouvions notre compagne.*

Les passants s'écartaient de son chemin alors qu'il avançait le long de la rue. Il regarda l'heure et se força à ralentir, car il avait vingt minutes d'avance pour son rendez-vous avec Marco. Mais il lui était aussi compliqué de ralentir le pas que d'apaiser son esprit tourmenté.

Heureusement, Marco n'était pas comme Liam, le métamorphe lion, toujours en retard. À l'inverse, il était toujours en avance. Et en effet, il était là. Le Portugais, métamorphe dragon de son état, se trouvait exactement à l'endroit où ils avaient prévu de se retrouver, dans un café au bord du fleuve, un établissement juste assez dépouillé pour sembler chic.

— Sergio, le salua Marco. Je te commande un *doppio* ?

— Non.

Il fit craquer sa mâchoire à droite et à gauche pendant que Marco payait. Il ferma ensuite les yeux et écouta les quelques sons de la nature qui persistaient en ville. Le bruissement des feuilles sèches qui se teintaient d'or en ce début d'automne. Le gargouillis du Tibre qui coulait en direction de la mer. Le battement des ailes des oiseaux et le chœur de leur gazouillis. Tous ces petits bruits qui filtraient à travers les klaxons des voitures et le moteur des mobylettes.

— Mauvaise journée ? tenta Marco alors qu'ils avançaient.

Sergio grimaça. Il avait trouvé son âme sœur, ça ne pouvait qu'être une excellente journée. Une chorale de chérubins chantait dans son esprit, affirmant que la vie était belle.

Mais elle était bien trop proche de Vicente pour qu'il soit à l'aise, et il avait un mauvais pressentiment.

Puis il y avait aussi ce diamant qui avait brillé d'une façon qu'aucun métamorphe ne pouvait manquer. Vicente l'avait certainement vu également.

Sergio résuma brièvement sa matinée à Marco, regrettant que son ami n'ait pas été là pour assister au spectacle qu'avait offert le bijou. Sergio était un homme simple de la classe ouvrière. Marco, en revanche, venait de la famille de métamorphes dragons la plus riche du Portugal. Il aurait pu en reconnaître la valeur.

On s'en fiche du collier, et on s'en fiche de Vicente. On a juste besoin de notre compagne, intervint son loup.

Le problème, c'était que les trois étaient liés. Pire encore, il avait la sinistre sensation que le destin ne faisait que commencer à jouer avec lui.

— Tu es certain que le diamant ne faisait pas que refléter le soleil ? demanda Marco.

Sergio secoua la tête.

— Il brillait comme une lampe laser.

Marco grimaça, ayant sans doute déjà été aveuglé par ce genre d'arme.

— Je pense que j'aurais pu tendre la main et sentir son pouvoir, jura Sergio.

— Seulement pendant cet instant ?

Marco attendit que Sergio ait acquiescé avant de reprendre.

— Eh bien, voilà qui rend ma première journée de travail intéressante.

Marco, comme Sergio, sortait tout juste de l'armée. Et comme Sergio un mois plus tôt, il évitait soigneusement son retour chez lui, d'où le nouveau travail à Rome. Sergio comptait bien aider son ami à prendre ses marques pour son premier jour, alors il devait arrêter de rêvasser au sujet de Lena.

— Ça ira, mais on ferait mieux de ne pas être en retard. Les Gardiens ne sont pas aussi vieux jeu qu'à Londres, mais ils ont des principes.

Toutes les villes d'Europe étaient protégées par un groupe de métamorphes d'élite qui se faisait appeler les Gardiens. Cependant cette institution vieillissante avait connu des jours meilleurs, et aujourd'hui ils avaient un peu plus de mal à maintenir la paix et la stabilité dans les villes qu'ils aimaient tant.

Marco hocha la tête et regarda autour de lui.

— Il y a surtout des loups au Conseil, n'est-ce pas ?

Sergio compta sur ses doigts.

— Traditionnellement, les sièges sont assignés à trois loups, un ours, un aigle et deux dragons. Un représentant pour chacune des sept collines de Rome.

Il décida de ne pas entrer dans les détails pour le moment, comme le fait que deux des sept sièges étaient actuellement vacants.

Marco redressa sa veste, prêt à réussir cet entretien. Sergio avait subi cette épreuve un mois plus tôt, quand il était revenu à Rome malgré ses hésitations. Mais ce serait plus facile pour Marco, qui n'avait aucun lien avec cet endroit. Sergio, quant à lui...

— C'est ici ? demanda son ami alors qu'ils suivaient un virage et apercevaient l'île Tibérine.

Sergio serra les dents alors qu'ils approchaient des eaux agitées qui entouraient la petite île.

— C'est ici, soupira-t-il.

Trois petits mots seulement, mais qui retenaient les histoires et les secrets de Sergio. Malgré tout, les Gardiens lui avaient donné l'autorisation de revenir à Rome. C'était presque un miracle en soi, après ce que sa famille avait fait.

Il déglutit, la bile montant alors que les souvenirs l'envahissaient, et il conduisit Marco vers l'ancien pont romain qui menait à l'île.

Isola Tiberina ne faisait que quatre cents mètres de long et l'enceinte du QG des Gardiens occupait toute la partie sud de l'île. C'était un amas délabré d'anciennes tours, de jardins fortifiés et d'imposantes salles de réunion. En quelques minutes, Marco et lui se retrouvèrent à l'entrée principale, où un métamorphe loup grisonnant les inspecta à travers le judas.

— Vous êtes en avance, rugit le garde en reconnaissant Sergio.

— Et ? grogna-t-il en retour, parce qu'il en avait assez que tout le monde le traite ainsi.

Est-ce que c'était sa faute, s'il était né au cœur du clan Monserratti ?

Le loup de garde s'écarta en grommelant.

— Attendez ici.

Rapidement, l'homme revint, ouvrit la porte à contrecœur et les incita à entrer. Il la claqua ensuite derrière eux et leur fit un signe de la main.

— Vous connaissez le chemin.

Marco sembla surpris, mais Sergio ne l'était pas. Les Gardiens de Rome étaient un groupe très pragmatique, et les gardes... Eh bien, ils étaient aussi bourrus que possible.

Ils descendirent le couloir sombre et sans artifice. Le bastion avait été construit dans un but défensif et non pour impressionner, et les murs épais gardaient une température de plusieurs degrés plus fraîche qu'à l'extérieur.

Rapidement, ils débarquèrent dans une cour où le soleil les aveugla quelques instants, et Marco siffla à la vue de la statue de bronze qui se trouvait au centre.

— Cette femme-loup ressemble exactement à l'originale qui se trouve aux musées du Capitole.

— C'est celle-là, l'originale.

— Elle n'est pas censée allaiter Romulus et Rémus ?

Sergio secoua la tête.

— Ça, c'est dans la version humaine de la légende. On s'en tient aux faits.

— Et quels sont-ils ?

— Une métamorphe louve a fondé Rome, et non deux humains. Honnêtement, qui peut bien gober cette histoire de jumeaux ?

Marco pouffa de rire.

— Je te l'accorde.

Ils traversèrent la cour et arrivèrent devant une porte en chêne massif où se trouvait un garde baraqué qui les laissa entrer après les avoir soigneusement observés. Un petit couloir les mena ensuite jusqu'à une immense salle. Rien d'aussi chic qu'au Lionsgate Hall à Londres, et néanmoins impressionnant par sa simplicité. Du lambris sombre en chêne couvrait les murs, et le plafond était paré d'une fresque si ancienne que les couleurs y étaient à peine visibles. Pourtant, en y regardant de plus près, on pouvait discerner la ville de Rome s'étendre sur cette scène bucolique datant de plusieurs siècles. Des loups hurlaient sur les crêtes de trois des collines de la cité, pendant que deux dragons, un ours et un aigle régnaient sur les quatre autres.

Tout au bout de la chambre se trouvait une immense table ; rassemblés autour de celle-ci, les Gardiens attendaient, certains debout, d'autres assis sur de grandes chaises. Ariana, une louve et la seule femme du groupe, leva les yeux et lui offrit un sourire chaleureux auquel Sergio répondit. Elle était assez sympa. Quant aux autres Gardiens, il n'avait pas encore décidé.

Ces derniers continuèrent leur discussion à voix basse alors que Sergio et Marco approchaient.

— Expulsés d'Europe... bannis des États-Unis... et ils sont de retour, marmonnait l'un d'eux.

— Certes, mais leur quête pour prendre le pouvoir sur une zone reste infructueuse. Tout du moins, jusqu'ici.

Sergio lança un regard à Marco. Les Gardiens parlaient du sujet qui préoccupait tous les métamorphes d'Europe : les Lombardi, un clan de dragons renégats qui espérait prendre le pouvoir sur le continent. Des attaques récentes avaient tout juste été repoussées à Paris et Londres, et tout le monde savait que ce n'était qu'une question de temps avant qu'ils frappent à nouveau. La question était de savoir où et quand.

— Nos prédécesseurs ont été trop généreux en les bannissant, alors qu'ils auraient dû les exécuter, déclara Dante en regardant son verre de vin d'un air lugubre.

Marco leva un sourcil que Sergio interpréta comme une question. Il soupira dans son esprit.

Voici Dante, le dragon. Le plus ancien des Gardiens, et par ancien, je veux dire « vieux ».

— Nos prédécesseurs ? *Vos* prédécesseurs, gémit un homme robuste aux cheveux gris. Nous autres aigles, nous vous avions avertis de ce problème.

C'est Gaius, chuchota Sergio. *Un métamorphe aigle. Rigide comme pas possible.*

Marco pouffa.

Ça existe, des aigles qui ne le sont pas ?

Remo, un loup colérique du mont Palatin, l'une des sept collines, frappa la table du poing.

— Qui peut bien être surpris que les Lombardi soient de retour pour semer le chaos ?

— Messieurs, s'il vous plaît, demanda Ariana en tapotant sur la table. La question est de savoir comment protéger notre ville de possibles attaques.

— Ou d'espions, fit Remo, en lançant un regard en coin à Sergio, qui refusa de mordre à l'hameçon.

Gaius fronça d'autant plus les sourcils.

— Mes éclaireurs m'ont déjà désigné un certain nombre de traîtres.

Ariana regarda brièvement au loin.

— Nous faisons de notre mieux, mais le problème persiste. Et plus le monde des métamorphes sera instable, plus les problèmes envahiront le monde des humains.

— Pas étonnant que le gouvernement soit un désastre, lança Dante en claquant de la langue.

Ernesto Orsini, un métamorphe loup, hocha gravement la tête.

— Le gouvernement est toujours un désastre, soupira Ariana. Mais je suis d'accord, c'est de pire en pire.

Sergio et Marco échangèrent un regard. Ils avaient partagé les mêmes inquiétudes en privé. Les partis politiques qui dirigeaient l'Italie étaient de plus en plus xénophobes, isolationnistes et tendaient toujours plus vers les extrêmes... comme bien d'autres pays en Europe et en Amérique du Nord.

— Cependant, nous ne pouvons pas perdre espoir, continua Ariana, ni ignorer les menaces plus immédiates.

Elle fit signe à Sergio d'avancer.

— Signore Monserratti, approchez.

Sergio désigna son ami.

— Comme demandé, j'ai invité un ancien camarade, Marco da Silva, du Portugal.

Marco fit usage de tout le charme dont il était capable et fit un tour de table pour leur serrer la main. Clairement, il était habitué aux salles de conseil et aux hommes âgés pompeux.

Dante leva la tête en entendant le nom de famille.

— Un lien avec les da Silva de Porto?

Sergio leva les yeux au ciel. Les dragons et leurs lignées nobles. Typique.

Marco s'inclina légèrement.

— Ma famille du côté de mon père. Ma mère vient de Madère.

Son regard brilla légèrement, comme souvent quand un soldat parlait de son foyer. Cela arrivait rarement à Marco, mais Sergio ne lui avait jamais demandé pourquoi.

— Ah, Madère, soupira Dante avec appréciation. Leur vin est délicieux.

Il avait été un guerrier légendaire à son époque, toutefois dans ses vieilles années... Enfin, Sergio n'était pas le seul à penser qu'il était temps que le vieux dragon parte en retraite dans sa villa en Toscane.

— Veuillez vous asseoir, l'invita le vieil homme.

Sergio ne bougea pas, car de toute évidence, l'invitation ne le concernait pas. Marco posa une main sur la chaise libre la plus proche, quand tout le monde se tendit. Il regarda autour de lui, surpris.

— Pas ici, précisa rapidement Dante. Elle reste libre en mémoire de notre camarade tombé au combat, Leonardo D'Accardi.

Le nom rappela quelque chose à Sergio, sans qu'il ne parvienne à le resituer.

Marco leva les deux mains.

— Je vous présente mes excuses. Je vais donc rester debout en son honneur.

Sergio soupira. Pourquoi ne parvenait-il pas à sortir des phrases aussi mielleuses ?

Sans doute parce qu'il était le fils d'un voyou. Ça, ou le fait qu'il avait grandi avec une mère célibataire qui parvenait à peine à joindre les deux bouts après avoir coupé les ponts avec les criminels de la famille.

— Signore da Silva, nous serions heureux de vous avoir parmi nous. Acceptez-vous les termes du contrat que nous vous avons envoyé ? demanda Ariana.

Marco s'inclina légèrement.

— Je serai plus qu'heureux de le faire.

Et, aussi facilement que ça, Sergio se retrouva avec un ami au sein des hommes de main des Gardiens. Un véritable ami, et non un adversaire.

C'est rafraîchissant, murmura son loup.

Ariana acquiesça, tout comme les autres.

— *Allora.* Signore Monserratti, qu'avez-vous à nous rapporter ?

Sergio inspira profondément et raconta les événements de la matinée. Enfin, la plupart d'entre eux. Il n'oublia pas Lena, mais ne s'y attarda pas non plus. Moins les Gardiens s'intéresseraient à une innocente, mieux ce serait.

— Intéressant, déclara Gaius en se frottant le menton. Qu'avez-vous appris sur Vicente ?

Sergio resta silencieux jusqu'à ce que tous les jurons possibles eurent quitté son esprit. Il détestait Vicente depuis le premier jour. De plus, il y avait quelque chose chez cet homme qui semblait familier, et d'une façon qui l'inquiétait. Ou peut-être était-ce juste la cruauté et le manque total de compassion ?

Rémo s'agita, incapable de rester en place.

— Allez, Signore Monserratti. Votre mission est de suivre Vicente grâce à votre familiarité avec le monde criminel.

Sergio serra la mâchoire et se retint à peine de marmonner un « eh ben, merci. »

Marco lui lança un regard en coin et il soupira pour lui-même. À la Légion étrangère, personne ne posait de question sur le passé des autres, personne ne s'y intéressait. Mais à Rome, tout le monde le savait, et tout le monde s'en préoccupait. Remo en particulier.

On pourrait dire que Remo a un problème avec ma famille.

Et ta famille est... ? demanda Marco.

Le plus grand clan de métamorphes appartenant à la mafia qui ait existé. Bannie de Rome pour l'éternité.

Les sourcils de Marco semblèrent vouloir toucher le plafond. Il était plus proche de Sergio qu'un frère, néanmoins ils n'avaient jamais parlé de leurs familles. Parfois, Sergio se demandait pourquoi il avait quitté l'anonymat pourtant si apaisant de la Légion étrangère.

Eh bien, les Gardiens t'ont embauché, fit remarquer Marco. *Ils doivent te faire confiance.*

Sergio fronça les sourcils. Les Gardiens avaient fait une exception, juste parce qu'ils le croyaient capable de suivre Vicente comme son ombre.

Me faire confiance ? Certains d'entre eux, peut-être, mais pas Remo. Je te jure qu'il attend la première occasion pour me crucifier.

— Oui, quel est votre ressenti sur Vicente ? demanda Ariana avec un peu plus de tact.

C'est une ordure. Un déchet. Un psychopathe de la pire espèce.

— Je n'ai rien de précis pour le moment. Ce matin, après avoir rencontré sa petite amie...

Remo grimaça et murmura :

— Une actrice américaine de seconde zone...

Sergio acquiesça et leur épargna les détails sanglants.

— Plus tôt dans la semaine, Vicente a participé à une réunion avec le groupe Ecco, un conglomérat d'intérêts industriels. Mais de ce que j'ai pu voir, tout était plutôt réglo.

Gaius courba ses épais sourcils.

— « De ce que vous avez pu voir » ?

— Oui, monsieur. Ses affaires semblent toutes être légales. Cependant, je peux sentir qu'il y a quelque chose de corrompu sous la surface. Mais une preuve ? Je n'ai pas encore réussi à en obtenir. C'est bien le problème avec cette nouvelle génération de criminels.

Remo montra les dents.

— Vous préfériez l'ancienne génération ?

Sergio refusa de mordre à l'hameçon. Sa propre famille et un clan rivals'étaient entretués quand son oncle, le parrain de la mafia, était décédé. Plutôt que de voir un autre clan en profiter pour reprendre les affaires, une toute nouvelle génération avait peu à peu émergé. « Des hommes d'affaires », aimaient-ils à s'appeler. Tous semblaient suivre la loi, mais ils n'avaient rien d'honnête quand on creusait un peu.

— Non, pas vraiment, répondit Sergio. Mais les pros comme Vicente ont réussi à amasser une telle fortune en si peu de temps que ça ne peut pas être réglo.

Ernesto, le métamorphe ours, leva un sourcil broussailleux.

— Et ce bijou dont vous avez parlé ?

Sergio fronça les sourcils.

— J'espérais que vous pourriez me le dire.

Les Gardiens échangèrent un regard et Ariana parla finalement.

— Permettez-moi d'expliquer. Nous avons récemment mis un diamant ensorcelé en circulation, dans l'espoir d'attirer une Veilleuse du feu.

Sergio et Marco échangèrent un regard prudent. Cette stratégie avait fonctionné pour les Gardiens de Paris et de Londres, mais elle présentait un risque énorme. La bonne nouvelle, c'était que les femmes qui descendaient de la puissante reine dragonne Liviana existaient, et qu'elles pouvaient renforcer les sortilèges anciens qui protégeaient leur ville. Néanmoins des forces maléfiques convoitaient également ces Veilleuses, et Sergio avait été un témoin immédiat du danger mortel pour ces innocentes jeunes femmes.

Ariana pencha la tête d'un côté, puis de l'autre.

— Cette stratégie a déjà fonctionné, toutefois seul le temps nous dira si Rome a été suffisamment chanceuse pour attirer une descendante de Liviana. De quoi d'autre vous souvenez-vous au sujet de ce diamant, Signore Monserratti ?

Sergio haussa les épaules.

— Je peux seulement dire qu'il brille d'une manière qu'aucun joyau ordinaire ne le ferait.

Dante se pencha en avant.

— A-t-il brillé en rythme, comme une pulsation ?

— Non, c'était plutôt rayonnant comme une étoile.

Pendant un instant, Sergio fut soulagé, parce que cela sous-entendait que ce n'était pas le diamant que les Gardiens avaient en tête. Cela éliminait l'un des dangers autour de Lena.

Mais Dante opina d'un air entendu, et Sergio réalisa que le Gardien l'avait simplement testé.

— C'est bien ça, déclara le vieux dragon. Le diamant d'Eruzzi, l'un des trésors d'Augusta, une Veilleuse du feu qui descend directement de la reine Liviana.

Sergio ferma les yeux. Ça ne lui disait rien qui vaille, surtout si Lena était désormais impliquée.

— Et vous dites qu'il a brillé au contact de cette... Amber van Love ? demanda Gaius en plissant le nez.

— Oui, de façon aveuglante. Mais seulement un instant, car il s'est ensuite assombri.

Dante fronça les sourcils.

— C'est inhabituel. Peut-être que la Veilleuse n'a pas encore développé son pouvoir.

Sergio gloussa. Certaines parties d'Amber étaient largement développées quand d'autres manquaient, c'était sûr. Notamment les qualités dont une Veilleuse du feu aurait besoin.

Notre compagne ferait une bonne Veilleuse, chantonna son loup.

Il en était certain. Il avait pu voir l'âme de Lena aussi vivement qu'elle avait pu sonder la sienne. Elle était honnête, il en avait la certitude. Attentionnée. Compétente.

En même temps, il y avait tant de choses qu'il ignorait d'elle, tant de choses qu'il mourait d'envie de découvrir. Elle parlait un italien intermédiaire et avait un accent prononcé.

D'où venait-elle ? Que faisait-elle à Rome ? Pourquoi ne s'était-elle jamais métamorphosée avant ?

— Nous devons garder l'œil sur cette van Love, déclara Remo.

— Elle semble totalement inappropriée comme Veilleuse du feu, commenta Gaius en fronçant les sourcils.

Ernesto se gratta le menton.

— N'oubliez pas que les Veilleuses n'ont pas toutes été un modèle de convenance. Vous vous souvenez de Viola Viduzzi ?

Tout le monde grimaça.

— Comment oublier ? murmura Dante. Toutes ces soirées, toutes ces liaisons inconvenantes...

Sergio fronça également les sourcils. Viola Viduzzi était morte longtemps avant sa naissance, pourtant il avait entendu pas mal d'histoires à son sujet.

Ariana soupira.

— Le destin fonctionne toujours mystérieusement pour nous autres. Il y a eu des Veilleuses imparfaites par le passé. Il y en aura encore.

Voilà une des raisons pour lesquelles l'Europe est dans cet état déplorable, faillit marmonner Sergio.

L'Europe est dans un état déplorable depuis des siècles, soupira Marco en écoutant ses pensées.

— Dans tous les cas, n'importe quelle Veilleuse du feu peut raviver le sort de protection, au moins dans une certaine mesure. Nous ne pouvons que prier pour en avoir une aussi noble que celles de Londres et de Paris. Mais même une faible Veilleuse pourra améliorer notre situation.

Remo fronça les sourcils.

— Vicente est un homme dangereux qui amasse discrètement du pouvoir. S'il s'allie avec une Veilleuse, aussi piètre soit-elle, il pourrait devenir une de nos plus grandes menaces.

Tout le monde sembla soudain plus sombre, surtout Dante.

— Il serait préférable qu'elle s'unisse à l'un des nôtres. Mon fils, par exemple.

Le fils en question, Domenico, eut un mouvement de recul. Sergio surprit le regard dévasté du jeune homme vers la femme qui venait d'entrer par une porte latérale pour leur servir des boissons. Une membre du personnel du Conseil, à n'en pas douter. Une bien piètre compagne pour un dragon au sang noble.

Sergio lança un regard furieux à Dante. Cela n'arrivait pas souvent qu'un homme de main contredise un Gardien, mais il devait tracer les limites.

— Je suis d'accord qu'il serait plus sûr de lui trouver un autre compagnon, néanmoins je ne participerai pas s'il faut manipuler la vie d'une jeune femme innocente. L'amour n'est pas à prendre à la légère.

Voilà qui est parlé comme un vrai loup, soupira Marco.

L'amour est sacré, bon sang, rétorqua-t-il.

Tous les loups le savaient.

L'amour est un mensonge, répliqua Marco avec amertume.

— Ne vous inquiétez pas, Signore Monserratti, déclara Ariana avec un regard ferme vers Dante. Nous ne sommes pas les lions de Londres. Nous respecterons les souhaits de Melle van Love tant qu'elle sera guidée par son cœur.

Remo renâcla.

— La cupidité, plutôt. Vicente vaut des millions d'euros.

Sergio devait bien lui accorder ça.

— Dans tous les cas, intervint Ariana en levant la main, nous devons garder l'œil sur cette femme ainsi que sur ce bijou. Nous devons nous assurer qu'Amber van Love est celle que nous cherchons. Signore Monserratti, vous resterez proche de Vicente et observerez cette femme. Gardez également l'œil sur le diamant.

Sergio était sur le point de dire que Lena avait pris le collier, avant de se rétracter et de garder cette information pour lui.

— Et vous, M. da Silva, dit-elle en se tournant vers Marco. Considérez cela comme votre période d'essai. Votre première mission sera de faire des patrouilles aériennes. Nous ne pouvons pas oublier la menace des Lombardi. Quand le moment le permettra, vous assisterez Signore Monserratti avec le joyau. En tant que dragon, vous serez plus à même de voir s'il est vrai ou non.

— Oui, madame, acquiesça Marco.

— Merci, messieurs. Vous pouvez disposer.

Sergio se dirigea vers les marches et manqua bousculer la jeune femme qui servait les boissons.

— Pardon, murmura-t-il, mais pas avant que Domenico ne grogne dans un souffle.

Marco leva les yeux au ciel.

Encore un idiot qui tombe dans le piège de cette fiction qu'est l'amour.

Sergio se tourna vers la porte en imaginant Lena. L'amour n'était pas une fiction. Elle était son âme sœur. La question était : que devait-il faire, maintenant ?

Chapitre 4

Sergio passa une main dans ses cheveux tout en avançant sur le sol pavé des rues du quartier Trastevere. C'était une de ces ruelles étroites, sinueuses, qui suivaient le pâté trapézoïdal de maisons centenaires. Un peu plus loin, les restaurants attiraient les premiers clients avec un parfum d'ail et d'huile d'olive. À quinze minutes à pied de là se trouvait sa maison, une « casetta » derrière l'une des villas perchées sur le Janicule, l'une des sept collines de Rome. Alors que fichait-il là, à traquer Lena ?

On suit seulement les ordres, chantonna son loup d'un ton innocent. *Tu sais, on garde l'œil sur le diamant.*

Il observa le bâtiment délabré sur trois étages. Les ordres ne l'avaient pas forcé à suivre le parfum de jasmin et de laurier-rose de Lena à travers la moitié de la ville, chose qu'il n'aurait jamais cru être capable de faire. Traquer quelqu'un sur quelques rues était une chose, mais dans toute la métropole romaine des heures après s'être séparés ?

Ça ne fait que prouver qu'elle est notre compagne, fit le loup avec suffisance.

Il roula les épaules, tentant de se détendre. Oui, effectivement, mais c'était bien là le problème. Les hommes de sa famille ne faisaient qu'attirer les ennuis, et les gens qu'ils aimaient se faisaient tuer, peu importait les mesures prises pour les protéger.

Il tourna les talons, prêt à partir, puis fit demi-tour une fois au bout de la rue.

Nous devons la mettre en garde, insista le loup. *L'aider. La voir une nouvelle fois.*

Bien sûr, il le fallait et il n'y avait rien de mal. Mais ce besoin oppressant de la voir annonçait des ennuis.

À cet instant, une vieille dame voûtée sur sa canne et un chihuahua jappeur tournèrent dans la ruelle où il était.

Mauvais, mauvais, mauvais, mauvais, ne cessait de tempêter ce chien ridiculement petit.

Sergio fronça les sourcils. « Bon » et « mauvais » étaient les deux seuls mots existants dans le vocabulaire canin d'un chihuahua, tout comme « rigolo » et « youpi » restaient les seuls concepts qu'un golden retriever comprenait. En cas de doute, les chihuahuas préféraient juger quelque chose comme étant « mauvais ». « Bon » était réservé aux très précieuses choses dans la vie de ces petits casse-pieds, comme les vieilles dames qui les aimaient pour des raisons que personne à part elles-mêmes ne comprenait.

Stai zitto, murmura Sergio dans le faible esprit de la petite créature. *La ferme.*

La plupart des chiens mettaient la queue entre leurs pattes quand un métamorphe loup donnait des ordres, pourtant cette stupide petite chose continua ses jappements.

— Vous, là, lança la dame, semblable à un nuage d'orage dans ses vêtements entièrement noirs. Qu'est-ce que vous faites ici ?

Sergio soupira. Pourquoi est-ce qu'on se méfiait toujours de lui ?

Il leva les mains et fit de son mieux pour prendre un ton amical.

— Je cherchais Lena.

— Eh bien, cherchez ailleurs, répliqua vivement la vieille dame, aussi férocement que son chien.

Sergio soupira. Si seulement il était né avec le charme de Marco.

— C'est juste que...

Il se tut, cherchant le meilleur moyen pour dire : « Ma compagne est peut-être en danger et je dois la protéger. »

— *Vai via* !

Voyou. La vieille dame approcha vers lui, agitant sa canne pendant que son chien montrait les dents.

Sergio fut tenté de dévoiler ses crocs de loup pour que le chihuahua comprenne qui était le chef. Mais un parfum familier arriva jusqu'à lui, et un instant plus tard, Lena apparut au coin de la rue. Sergio se figea, respirant à peine. Il resta là, absorbé par sa compagne. Le soleil couchant n'éclairait pas cette ruelle, pourtant la pointe de ses cheveux était dorée et brillante, alors que ses yeux scintillaient d'un vert profond.

Compagne, chanta son loup.

Lena ralentit le pas et le dévisagea.

— Signorina Castamolino, caqueta la vieille dame en italien. Cet homme prétend être votre ami.

Lena plissa des yeux en le regardant et répondit en anglais :

— Un ami, hein ?

Elle parlait sur un ton de défi. Et avec un accent new-yorkais, s'il ne se trompait pas.

Sergio n'avait jamais été sans voix face à une femme, cependant Lena court-circuitait ses connexions neuronales. Il ne pouvait que la supplier des yeux. *Je te jure que je ne suis pas un pervers. Je veux juste te parler.*

— Je n'approuve pas que de jeunes hommes viennent rendre visite à mes locataires, réprimanda la vieille dame de sa voix sèche.

— *Solo cinque minuti,* promit Sergio.

Seulement cinq minutes.

— On doit parler.

Lena les regarda tour à tour en réfléchissant. Elle prit ensuite une profonde inspiration et se tourna vers la propriétaire.

— *Per favore, Signora Donatelli.*

Sans attendre le soupir de désapprobation qui faisait office de réponse, Lena le conduisit dans le bâtiment et lui fit monter l'escalier grinçant qui montait en zigzags.

— Qu'est-ce que tu fais ici ? chuchota Lena alors qu'ils passaient le palier du second étage.

Sergio regarda en bas, où Signora Donatelli restait immobile, à observer le moindre de ses mouvements.

Il garda la voix basse.

— Je suis venu te prévenir. Vicente est quelqu'un de mauvais.

Lena pouffa.

— Sans rire.

— Je veux dire, vraiment. Il est dangereux.

— Oui, j'avais compris ça. Dangereux dans le style mafieux, je me trompe ?

Sergio se figea devant cette référence, puis tira sur son col.

— J'imagine qu'on peut dire ça.

Au dernier étage, elle repoussa une paire de boots et glissa la clé dans la serrure de son appartement.

Sergio baissa les yeux. C'étaient des bottes de randonnée, et elles étaient sales. Un bon signe. En tout cas, il l'espérait. Lena aimait-elle aller se balader autant que lui ? À la Légion étrangère, les longues marches étaient de rigueur et Sergio était le seul soldat à ne pas s'en plaindre. Quand Lena partait en randonnée, est-ce qu'elle inclinait la tête en direction du soleil et savourait l'air frais, comme lui aimait le faire ?

Le loup en lui remua joyeusement la queue et un millier de fantasmes traversèrent son esprit. Il pourrait l'emmener se promener. Explorer. Voyager à n'en plus pouvoir...

Mais il devait d'abord gagner sa confiance. Ce qui prendrait du temps, vu la manière dont elle luttait avec nervosité sur sa serrure.

Finalement, elle réussit à glisser la clé et hésita.

— Écoute, j'apprécie que tu sois venu et que...

Il secoua la tête.

— Ce n'est pas que ça. Il y a eu l'autre soir, aussi. Tu as besoin d'aide.

Je n'ai pas besoin d'aide, répondit son regard noir. Pourtant, une seconde plus tard, ses épaules s'affaissaient et elle croisa les bras, se berçant sans s'en rendre compte. Elle savait à quoi il faisait référence. La métamorphose. Ou semi-métamorphose, dans le cas présent. Quelle était son histoire, exactement ?

Trois étages plus bas, la rampe craqua quand la propriétaire s'y appuya pour mieux regarder. Lena hésita, puis lui fit signe d'entrer. C'était un studio exigu, dont la peinture était quelque peu écaillée, avec une kitchenette et des taches d'humidité dans un coin. Malgré tout, une lumière dorée filtrait à travers la baie vitrée, et à l'extérieur, un balcon étroit était chargé de pots de fleurs. Dans l'ensemble, le logement semblait à la limite entre le charme bohémien et l'appartement décrépit.

Lena alla à la porte du balcon et regarda vers les toits en terre cuite.

— L'autre nuit, tu t'es changé en loup.

— Métamorphosé. Et toi aussi. Enfin, presque. Il semblerait que ce soit... nouveau pour toi.

Elle éclata de rire, mais aucune joie n'y transparaissait.

— On peut dire ça.

— Ça ne t'était jamais arrivé, avant ?

Elle secoua la tête, le regard toujours tourné vers l'extérieur.

— Jamais. Enfin, jamais avant mon arrivée à Rome.

Il fronça les sourcils, se demandant ce qui avait pu déclencher ça. La plupart des métamorphes changeaient pour la première fois de forme à la puberté. Lena approchait de la trentaine. Pourquoi cela lui arrivait-il si tard ?

— Tes parents ne t'y ont jamais préparée ?

Elle renâcla.

— Ma mère n'est au courant de rien.

— Et ton père ?

Le regard de la jeune femme se fit plus dur.

— Je ne l'ai jamais rencontré. Ma famille ne l'intéressait pas.

Sergio fronça les sourcils. La plupart des métamorphes étaient profondément dévoués à leurs âmes sœurs et leurs descendances. Quel genre de voyou avait été cet homme pour abandonner sa propre fille ?

— Bref, reprit-elle, un peu trop désinvolte. Il n'a jamais fait partie de ma vie.

— Qu'est-ce que tu sais sur lui ?

Elle haussa les épaules.

— Assez.

— Peut-être pas...

Elle fronça les sourcils, profondément pensive.

— D'après ma mère, c'était un salaud de riche qui n'a fait que se moquer d'elle. Quand il a découvert qu'elle était enceinte, il a eu l'air de bien le prendre. Puis lorsqu'il a su que j'étais une fille, il a payé ma mère pour qu'elle disparaisse. Comme si elle était une escorte ou un truc comme ça.

Son ton était amer, l'écho du ressentiment de sa mère à ne pas en douter.

— De toute évidence, une fille ne lui suffisait pas.

Sergio fronça les sourcils. Les dragonnes étaient si rares que la majorité des mâles se liaient avec des humaines ou des métamorphes d'une autre espèce, donc ils étaient toujours enchantés devant l'arrivée d'une fille.

Lena soupira.

— Il est mort peu de temps après que ma mère a quitté l'Italie. Avant même ma naissance. Et nous nous sommes très bien débrouillées sans lui.

Cette dernière partie semblait un peu forcée, cependant Sergio passa à une autre chose qui avait retenu son attention.

— Ta mère est italienne?

Lena opina du chef, le regard toujours tourné vers la fenêtre.

— De Rome. Mais quand elle est tombée enceinte, elle a déménagé à New York, où vivait sa sœur.

Elle soupira à nouveau.

— Ma mère était tellement prête pour un nouveau départ qu'elle ne m'a même jamais appris à parler italien. Seulement quelques mots, et la plupart du temps quand elle était fâchée.

Lena courba les lèvres dans un sourire sentimental.

— Je n'ai commencé à apprendre qu'à l'université.

— Et tu n'as enclenché tes métamorphoses que maintenant, murmura Sergio, plus pour lui que pour elle.

— Seulement depuis que je suis arrivée ici. Pendant des années, j'ai eu l'impression que l'Italie m'appelait. Maintenant...

Lena déglutit avant de se secouer, déterminée, puis se redressa.

— Bref, je peux gérer ça.

Une nouvelle fois, elle naviguait entre cette façade forte et une pointe de faiblesse. La ligne était si fine qu'elle masquait à peine son appel à l'aide. Mais par quoi devait-il commencer?

Vas-y gentiment, murmura son loup.

— Eh bien, tu as fait ce qu'il fallait, tu es restée hors de la vue des gens, se lança-t-il. Tu ne dois laisser personne te voir. Aucun humain, en tout cas.

Elle baissa les yeux sur sa main et une expression douloureuse traversa son visage.

Il faillit continuer en lui demandant pourquoi elle luttait à ce point, mais cela ne l'aiderait pas.

— Le secret, c'est de se transformer rapidement, offrit-il à la place.

Elle fronça les sourcils.

— Ou de ne pas se transformer du tout.

Il n'avait jamais pensé à cela. Ne jamais laisser à sa seconde âme l'occasion d'être libérée ? Se refuser la chance de pouvoir hurler à la lune et trotter sur quatre pattes ?

— Cela ne fonctionnera pas, l'avertit-il. C'est comme d'essayer de ne pas dormir. Tôt ou tard, une métamorphose arrive. Le secret, c'est de la contrôler.

Lena serra les doigts, sourcils froncés.

— Comment ?

Sergio se rapprocha.

— En choisissant où et quand tu veux te transformer. En donnant à ton animal l'autorisation, ou en le retenant.

Lentement, doucement, il couvrit ses doigts tremblants.

— En comprenant ce que tu as en toi, et ce dont cette chose a besoin.

Elle ne s'écarta pas de lui, pourtant ses mains ne cessaient de trembler.

— Qu'est-ce que j'ai en moi ?

Un dragon, faillit-il dire. Mais cela semblait un peu brutal, alors il tourna un peu autour du pot avant de répondre. Tôt ou tard, elle se transformerait entièrement, et cela pourrait être un désastre pour elle, comme pour tous les métamorphes alentour. Les Gardiens pourraient la faire tuer, de peur qu'elle ne trahisse l'existence de leur monde. Le risque était beaucoup trop important pour qu'il le prenne.

Son loup intérieur grogna. *Alors, on lui apprendra. On la protégera. On restera près d'elle.*

Plus facile à dire qu'à faire. Si Vicente percevait la moindre particularité chez elle...

Sergio chassa la pensée.

— Tu n'as pas à craindre ce que tu as en toi. Ce n'est qu'une autre partie de ton âme, elle a simplement un autre corps.

Lena ne semblait pas convaincue, alors il continua.

— C'est comme les chiens ou les chevaux. Le secret, c'est de leur montrer que c'est toi le chef, peu importe qu'ils soient grands.

Ou petits, grommela son loup en lui rappelant le chihuahua.

— Tu dois prendre les choses en main. Ton côté humain doit prendre les décisions, comme tu le ferais avec un animal. Donne à la bête ce dont elle a besoin sans lui céder le contrôle.

Elle semblait dubitative.

— Et la lune ? Comment je peux contrôler ça ?

— La lune peut influencer les choses, mais pas plus qu'elle influence le comportement humain. Prends mon loup, par exemple. C'est un peu comme un chien.

Je n'ai rien d'un chien, bouda la bête.

Il poursuivit en l'ignorant :

— Je lui dis quand courir en liberté et où le faire. Je le garde sous contrôle.

Enfin, la plupart du temps en tout cas. Mais lors d'une nuit qui avait changé sa vie à jamais, sa bête intérieure avait pris le dessus et il avait tué un homme. Son propre oncle, le parrain de la mafia.

Il devait mourir, grogna son loup.

Sergio fronça les sourcils. C'était vrai, mais les conséquences auraient pu être désastreuses. Il avait fait cela pour protéger sa mère, mais quand son oncle s'était trouvé étendu devant lui, mort, la tentation, sortie de nulle part, de prendre pouvoir et fortune l'avait terrifié. Il avait trouvé, sans savoir comment, la force de résister, et avait ensuite quitté l'Italie pour rejoindre la Légion étrangère dans l'unique but d'éviter ce qui en découlerait : le clan qui insisterait pour qu'il occupe la place du nouveau chef des affaires familiales, comme la tradition l'exigeait.

Miraculeusement, aucun nouveau leader n'était apparu et les batailles qui s'étaient succédé avaient tellement affaibli le clan que l'organisation s'était effondrée.

Il fronça les sourcils en y pensant. Ça ne s'était évidemment pas arrêté là : des gens comme Vicente avaient émergé afin de prendre ce qui restait du pouvoir. Des parrains de la mafia plus intelligents, plus subtils, mais non moins mortels. Sergio en était certain, mais tant qu'il n'aurait pas de preuve...

Il cligna des yeux et ramena ses pensées vers Lena.

— J'ai tenté de le contrôler, murmura-t-elle. Mais c'est arrivé quand même.

Il se pencha vers elle, mais ils étaient déjà si proches l'un de l'autre que le mouvement les colla presque. Le contact était agréable. Chaud, réconfortant, malgré la chaleur de la journée et l'appartement sous les toits. Un sentiment qui donnait envie d'affronter le monde comme il venait, quoi qu'il advienne.

Lena cessa de trembler. Ressentait-elle la même chose ?

Lentement, il prit les mains de la jeune femme dans les siennes.

— Si ton côté animal t'appelle quand tu ne peux pas te métamorphoser, visualise ton corps d'humaine tel qu'il est. Commence par tes doigts.

Lena les agita, sceptique, mais il continua.

— Imagine comme ils sont reliés à ton poignet, puis ton poignet à tes avant-bras, à tes coudes, et ainsi de suite. Pense à rester droite sur tes pieds. Et quoi que tu fasses, ne pense pas au plaisir d'agiter ta queue.

— Au plaisir ? demanda Lena en haussant les sourcils.

Son loup acquiesça vigoureusement. Que ne donnerait-il pas pour avoir la liberté de se métamorphoser avec elle ! De foncer à travers la nature, à quatre pattes. De sauter, jouer, hurler.

Sergio sourit.

— Oui, la joie. Mais parfois, tu dois attendre. D'un autre côté, la bête va se rebeller si tu la forces à attendre trop longtemps. Alors il est bon de prévoir ces choses. Pour tes premières métamorphoses, je veux dire. Tu auras besoin d'espace

jusqu'à ce que tu saches maîtriser ton autre corps. Le parc de
la villa Phamphili était une bonne idée, mais...

Elle leva les yeux vers les toits collés les uns aux autres.

— Ce n'est pas assez grand. Aucun endroit à Rome n'est
assez grand.

Aucun endroit au monde n'est assez grand, semblait dire
son ton abattu, et son estomac se noua à cette idée. Lena
méritait de connaître le bonheur des métamorphoses, et non
de les craindre. De savourer son corps animal autant qu'elle
appréciait son corps humain.

Un coin lubrique de son cerveau s'arrêta sur la partie « apprécier son corps humain », lui imposant des images d'eux deux
dans un lit. En quelques secondes, son sang se réchauffa et son
loup commença à tourner en rond vigoureusement.

Il se racla la gorge et s'écarta. Pourtant, au même moment,
son loup l'obligea presque à murmurer :

— Je pourrai te montrer, un jour.

Voilà un bel exemple du contrôle qu'il exerçait sur sa bête.

Elle croisa son regard, les yeux si écarquillés et pleins
d'espoir que son âme de guerrier endurci fondit.

— Tu pourrais ? Où ?

Il fit un geste vers le sud-est.

— Il y a quelques endroits non loin de la ville.

Il visualisa son préféré, cette étendue verdoyante d'un kilomètre et demi au-delà de la Voie Appienne, délimitée par
une rangée d'arches. Pour la Rome antique, les aqueducs
avaient simplement été un moyen pour acheminer l'eau vers la
métropole. Mais peut-être que ces arches aux lignes gracieuses
étaient aussi considérées comme des œuvres d'art à l'époque
comme c'était le cas aujourd'hui... Quoi qu'il en soit, il adorait le *Parco degli Acquedotti*, à seulement quelques kilomètres
des thermes de Caracalla, en périphérie de la ville. Un endroit
où il pouvait courir librement.

— Ce serait bien, dit doucement Lena, juste assez pour
qu'il se demande s'il n'avait pas réussi à lui transmettre l'image
mentale qu'il en avait.

Les âmes sœurs peuvent faire ça, tu sais, fit remarquer son
loup. *Partager des pensées sans les prononcer à voix haute.*

Bien sûr qu'il le savait, cependant il faisait tous les efforts du monde pour ne pas trop y réfléchir. Il y avait déjà bien assez de complications.

Mais quoi qu'il fasse, il ne pouvait s'empêcher de se délecter des courbes parfaites de Lena, près de lui. La sensation de paix qui emplissait son âme était comme du carburant, assez pour l'aider à résister à la dure réalité du monde des métamorphes encore un jour de plus.

— Un endroit comme ça ? chuchota-t-elle en montrant l'une des photos sur le mur.

C'était une cascade à Tivoli, non loin de Rome. Il hocha la tête.

— Ça pourrait convenir aussi.

En silence, il étudia les détails. La photo avait saisi le flou du cours de l'eau, qui était entouré d'une lueur verdâtre rendue dorée par les rayons du soleil derrière les nuages. Une photo qui aurait été unique si elle n'avait pas été accompagnée par une dizaine d'autres aussi magnifique, sinon plus.

— C'est toi qui les as prises ?

Elle hocha la tête.

Sergio se tourna vers la suivante : un cliché du Panthéon de nuit. Un couple heureux qui passait sous la lumière d'un lampadaire antique, pendant qu'un sans-abri s'abritait dans l'ombre. À côté, un mur couvert de posters politiques de ces groupes d'extrême droite qui accusaient les migrants d'être responsables de ruiner l'Italie, pendant que dans le fond, un jeune homme africain aidait une vieille dame italienne à tirer son chariot de courses sur le trottoir.

Des contrastes. Beaucoup de contrastes. Et des messages très clairs qui n'avaient besoin d'aucun mot pour se faire entendre.

— Elles sont bien. Incroyables, même. Pourquoi perdre ton temps avec Amber ?

Lena grimaça.

— Pour la même raison que je fais les mariages et les portraits. Ça paie les factures.

Elle soupira.

— Je suis venue à Rome pour travailler pour une association à but non lucratif du nom de *Vicino al Vicino*, de Voisin à Voisin.

Elle chercha son regard, pleine d'espoir.

— Je ne les connais pas, admit-il en douceur.

Elle opina du chef tristement.

— C'est bien le problème. Ils font un travail super... Ils aident les immigrants à s'intégrer, échangent des compétences intracommunautaires et font aussi de la garde d'enfants. Malheureusement, vu le climat politique actuel...

Sergio grimaça. Des groupes d'extrême droite forçaient leur vision conservatrice et xénophobe pour prendre le dessus, non pas seulement de l'Italie, mais aussi du monde entier.

— Bref, ils ont perdu leur financement, continua Lena. Et j'ai perdu mon travail. Ce n'était qu'à temps partiel, mais j'espérais que cela me mènerait à d'autres missions. Un travail important. Et, qui sait ? Ça pourrait encore arriver.

En général, Sergio levait les yeux au ciel devant tant de naïveté. Une vie entière de coups durs, plus dix ans dans l'armée, avait laissé peu de place pour l'espoir. Mais avec Lena... Étrangement, son cœur se gonfla, le faisant lui aussi espérer.

— J'ai dû prendre plus de missions en freelance, mais ça me va. Ça me donne l'occasion de prendre des photos comme celles-ci. De trouver des médias qui souhaitent les publier. Des gens et des organisations qui cherchent à confronter la société à ses propres injustices.

Il sourit. Une militante dans l'âme, tout comme Gemma, la Veilleuse du feu de Londres.

Lena sourit à son tour.

— J'ai appris ça grâce à un voisin... on pourrait l'appeler mon mentor. Il photographiait les pompiers de la caserne du quartier torse nu pour un calendrier. Ils ont eu un montant record de dons cette année-là. Plus important encore, les gens ont vraiment semblé prendre le temps de réfléchir et d'apprécier ce qu'ils faisaient pour la communauté. C'est ce que je veux faire aussi.

— Des calendriers de mecs torses nus ? s'amusa Sergio.

Elle lui donna un coup dans l'épaule en s'esclaffant.

— Je ne parlais pas de ça !

Pendant un moment, ils restèrent là à se sourire, puis Lena poussa un profond soupir et se mordit la lèvre. Elle agita à nouveau la main.

— Bref, tout ça prend du temps. Ce que je gagne grâce à des photographies commerciales me le permet.

Ensemble, ils regardèrent ses œuvres en silence.

— Tu as l'œil, murmura-t-il finalement.

— Tout est dans la composition, expliqua-t-elle. Tu vois le chien errant qui attend devant le restaurant pour avoir des restes ?

Sergio suivit l'endroit qu'elle désignait. Encore des contrastes. La faim et le besoin qui se juxtaposait aux joues rondes et aux verres de vin remplis.

Elle passa à une autre image, la voix si pleine de passion qu'il aurait pu l'écouter pendant des heures.

— Il y a une symétrie dans celle-ci, mais elle est brisée par le reflet dans la flaque...

Certaines photos représentaient des gens, d'autres des lieux. Certaines, comme celle de la cascade, célébraient simplement la beauté de la nature, mais la plupart transmettaient un message sociétal important.

Apparemment, il y avait des choses bien plus profondes à découvrir chez la talentueuse Signorina Castamolino que sa capacité à supporter des starlettes. Il y avait de la passion dans son travail. De la colère, de la joie, du désespoir et de l'espoir, tout à la fois.

— Et tu vois la lumière naturelle qui montre ce que nous ne voulons pas voir, conclut-elle en désignant la photo du Panthéon.

Pendant un moment, ils restèrent silencieux et il ne lui fut pas difficile de sentir que Lena revivait la scène. Puis, elle se tourna vers lui et leurs regards se croisèrent à nouveau. Ses grands yeux lumineux brillaient, et il y apercevait cette pointe si caractéristique des métamorphoses. Il aurait dû la prévenir, mais il ne parvenait pas en parler pour le moment.

Pas quand il pouvait savourer cette vue magnifique. Son parfum l'enveloppait comme un zéphyr frais et ses doigts étaient toujours refermés autour des siens.

Ses yeux tombèrent sur les lèvres tremblantes de la jeune femme. Sur sa poitrine qui montait et descendait en rythme avec son souffle profond, comme le sien. Ses joues rosies qui semblaient dire « Embrasse-moi ».

Il le voulait plus que n'importe quoi d'autre, et tout à coup, les raisons de ne pas le faire disparurent de son esprit. Ils étaient âmes sœurs. Bien sûr qu'il pouvait l'embrasser.

La chaleur dans son corps s'intensifia tandis qu'il se penchait et son cœur battit plus vite, anticipant.

Toute sa vie, il avait porté un regard condescendant sur les choses comme l'amour, la joie et le bonheur. Il était un soldat, après tout. Mais, désormais... Ouah. Désormais, il savait.

L'amour, fredonna son loup

Les lèvres de Lena frémirent, à un murmure des siennes.

Puis tout à coup, la voix perçante de la propriétaire retentit depuis le rez-de-chaussée.

— Signorina Castamolino !

Ils se séparèrent d'un bond.

— Signorina Castamolino ! répéta la vieille dame. *Sono più di cinque minuti.*

Sergio soupira. Plus de cinq minutes s'étaient écoulées, pourtant c'était comme si tout cela n'avait duré qu'une fraction de seconde. Très loin d'être suffisant, comme temps passé auprès de sa compagne.

Lena rougit et retira lentement ses mains de celles de Sergio, dans un geste innocent et sensuel à la fois.

— Tu ferais mieux d'y aller.

Cette vermine de chien aboya, accentuant le message de sa maîtresse, et la vieille dame frappa la rampe d'acier avec sa canne. Le son résonna dans la cage d'escalier vide, faisant grimacer Sergio.

— J'imagine.

Il se dirigea vers la porte avant de se retourner une dernière fois.

— J'étais sincère, tu sais. Ne t'approche pas de Vicente. C'est un métamorphe loup, d'ailleurs.

Pendant un instant, elle pâlit, mais sa facette de dure à cuire new-yorkaise reprit vite le dessus.

— C'était lui, dans le parc ?

Sergio secoua la tête. Oh que non. Ça avait été un loup subalterne quelconque, et il lui avait donné une bonne leçon dès lors que Lena s'était enfuie.

— Tu le saurais, si c'était Vicente, lâcha-t-il à la place.

Un souffle quitta la barrière des lèvres de Lena.

— Tu es également un loup, et tu travailles pour Vicente. Cela ne veut pas dire que je devrais rester loin de toi aussi ?

Sergio ravala un grognement.

— Je ne travaille pas pour cette ordure. Et je n'ai rien à voir avec lui.

Il mourait d'envie de tout lui avouer. Vraiment tout, de son enfance malheureuse jusqu'au jour où son oncle avait tenté de le recruter dans son « affaire familiale ». Il voulait plus que tout lui raconter ce tête-à-tête fatidique avec lui, la nouvelle vie qu'il avait découverte à la Légion étrangère, et son besoin inébranlable de rentrer à Rome. Mais à cet instant précis, il n'avait pas le temps pour ça. Pas avec la propriétaire qui était sur le point d'alerter la *carabinieri* pour l'accuser d'être entré de force.

Il passa à moitié la porte, espérant que cela calme la vieille dame.

— Les métamorphes sont des gens normaux. Certains sont des *sfachimi,* des salauds hypocrites. Et il y en a d'autres en qui tu peux avoir confiance.

Le regard innocent qui le fixait semblait lui témoigner qu'elle lui faisait confiance, et son ventre se serra. Et s'il ne pouvait pas la protéger des gens comme Vicente ?

Il repoussa cette pensée et revint au sujet principal.

— Je ne travaillerai jamais pour quelqu'un comme Vicente.

— Alors pour qui travailles-tu ?

— Les Gardiens, murmura-t-il, surpris par la note respectueuse dans sa propre voix.

— Qui ?

Il fit un geste de la main.

— Vois ça comme... C'était quoi, l'organisme ? *Vicino al Vicino ?*

Elle sourit et hocha la tête.

— De Voisin à Voisin.

— Dans ce style, mais à un tout autre niveau.

Entièrement différent, et avec des métamorphes, dont certains qu'il n'appréciait guère et d'autres qui ne lui accordaient aucune confiance. Mais il n'avait pas le temps pour lui expliquer tout cela.

— Mon travail est de garder l'œil sur les agissements de Vicente. Mais toi... fais-moi confiance, tu dois l'éviter à tout prix.

Le visage de Lena s'assombrit lorsqu'elle entendit le nom du criminel, mais peu à peu, un sourire regagna ses lèvres. Plein d'espoir, presque séducteur.

— Je n'ai pas à t'éviter, toi, n'est-ce pas ?

Il aurait voulu sourire et flirter également, cependant en avait-il seulement le courage ? Il y avait tellement en jeu... dont la sécurité de Lena, au centre de tout. D'un autre côté, il lui avait promis de l'aider en ce qui concernait ses métamorphoses.

— Samedi, dit-il avant d'avoir pris le temps de réfléchir. Est-ce que ça t'irait ? Pour trouver un endroit où tu pourras te métamorphoser, je veux dire.

Et aussi passer du temps rien que tous les deux, voulait-il ajouter.

Le regard de Lena s'illumina et ses épaules s'affaissèrent, comme si elle se libérait d'un poids.

— Samedi, ça serait génial.

Son loup s'enthousiasma immédiatement sans qu'il ne puisse le contrôler. D'abord, il la conduirait dans son parc préféré pour l'aider à se transformer. Puis, ils rentreraient chez lui et...

Il coupa court à ces pensées galopantes et se força à descendre les marches.

— Samedi, alors. *Arrivederci.* Et, Lena...

Il s'arrêta et se tourna dans l'escalier pour regarder sa compagne.

— Sois prudente.

Chapitre 5

— Un peu plus à gauche... un poil sur la droite...

Lena fronçait les sourcils en observant à travers l'objectif.

— Comme ça?

Amber replaça les jumelles et se pencha en avant, bloquant la vue sur la *Piazza Navona* derrière elle.

Lena masqua sa grimace, une chose qu'elle avait beaucoup faite ces cinq derniers jours. Cinq jours de shooting photo à travers Rome. Le Panthéon, le Forum Romain, la Fontaine de Trevi... S'il s'agissait d'un monument majeur de la ville, Amber voulait y être prise en photo, et les jumelles y avaient toujours une place de choix.

Somme toute, c'était très loin du type de travail que Lena mourait d'envie de faire. De temps en temps, elle pointait l'objectif vers une scène intense qui se déroulait derrière Amber, comme ce couple interracial qui se prenait en selfie, le regard plein d'amour, ou ce serveur qui s'occupait d'une vieille dame emmitouflée dans un lourd manteau d'hiver. Mais pour chaque photo qu'elle parvenait à prendre en douce, elle ratait un nombre incalculable d'autres scènes, et elle mourait d'envie de s'éloigner d'Amber pour capturer ces petites histoires qu'elle considérait comme bien plus importantes.

Bien sûr, cela aurait pu être pire. Vicente n'était venu qu'à une seule séance, Dieu merci. D'un autre côté, il était probablement au téléphone, quelque part, à mettre des centaines de personnes au chômage ou à ordonner des trucs de mafieux. Pire encore, il orchestrait peut-être même des attaques canines.

« C'est un métamorphe loup, tu sais », avait dit Sergio.

Un frisson traversa son échine. Il était bien trop facile pour elle d'imaginer Vicente devenir un monstre enragé. Mais Sergio aussi était un loup, et il ne lui ressemblait aucunement. Cette nuit, au parc, la caresse de sa fourrure douce avait été tellement réconfortante, et son regard avait transmis une lueur si chaleureuse, attentionnée, qui lui avait fait du bien. Homme ou bête, elle ne voyait que son honneur, sa loyauté, sa dévotion.

Alors, quelle était la bonne réponse ? Les métamorphes étaient-ils des bêtes terrifiantes et cruelles, ou bien des compagnons loyaux et fidèles ?

Plus important encore, qu'était-elle, elle ?

« Ce que tu as en toi n'est qu'une autre facette de ta personne, avec un corps différent », avait dit Sergio.

Elle se mordit la lèvre. Un corps *très* différent. Un corps qui l'avait poussée dans un tout nouveau monde dont elle n'avait jamais eu conscience jusque-là.

Elle regarda autour d'elle. Combien de ces personnes dans les rues de Rome étaient des métamorphes ? Est-ce que ce serveur agile avait la capacité de se transformer en coyote ? Et ce vieil homme qui regardait par une fenêtre, loin au-dessus de la place, pouvait-il se changer en hibou ? En faucon, peut-être ?

L'idée que les métamorphes existent était terrifiante, et pourtant, d'un certain côté, peu surprenante. Comme si, au fond d'elle, elle les avait sentis autour d'elle toute sa vie.

— C'est dommage que Vicente ne soit pas là, lança Amber avec un soupir théâtral. Mais ça ne fait rien. Nous rattraperons le temps perdu.

Une lueur lubrique éclaira son regard.

Lena grimaça, espérant qu'elle avait tort au sujet de cet homme. Mais ce sixième sens troublant qu'elle possédait ne la trompait jamais.

Heureusement, c'était sa dernière journée de travail avec Amber. Elle pourrait ensuite retourner prendre des photos de couples gentils et normaux, et immortaliser ce qui importait réellement. Elle n'aurait plus à gérer l'exubérance nombriliste d'Amber ni le côté purement malfaisant de Vicente. Cependant, cela voudrait-il dire qu'elle ne verrait plus Sergio non plus ?

Contrairement à Vicente, Sergio venait à chaque séance, la rendant folle de la meilleure des façons. Enfin, ce n'était pas si bien que cela, car elle arrivait à peine à se concentrer avec tous les fantasmes qu'il lui inspirait quand elle posait les yeux sur lui. Des fantasmes sauvages qui l'envahissaient autant durant l'intimité de la nuit que sous le soleil de la journée. Elle l'imaginait au lit, à lui faire du bien. Contre un mur, à lui donner l'impression d'être obscène. Sous la lumière de la lune, à se mouvoir en elle et à la faire crier d'extase.

Elle se racla la gorge et tripota les paramètres de l'appareil, tentant de ne pas regarder vers lui. Non pas que cela révélerait quoi que ce soit, Sergio était passé maître dans l'art d'avoir une tête d'agent des Services secrets. Froid, meurtrier. Ou peut-être était-ce une expression spécifique aux métamorphes ?

Dans tous les cas, il semblait toujours savoir quand son regard allait s'attarder sur lui. Alors qu'elle se laissait aller une nouvelle fois, elle aperçut ce regard nostalgique et pensif qui lui échappait parfois. Est-ce qu'il avait envie d'elle autant qu'elle, elle avait envie de lui ?

Est-ce que c'était un truc de métamorphe, ça aussi ? Elle n'avait jamais senti un tel désir la consumer ni ressenti ce besoin pressant de s'installer avec un homme. Pour toujours.

Mais c'était précisément ce contre quoi sa mère l'avait mise en garde, n'est-ce pas ? Laisser un inconnu irrésistible lui faire perdre pied. Quelqu'un qui pourrait devenir une monumentale erreur.

— Cette fontaine est trop petite. Je veux retourner à la plus grande, se plaignit Amber.

Lena regarda autour d'elle. Elles se trouvaient à la Fontaine du Maure. Bernini avait sculpté l'une des statues et elle avait plus de quatre cents ans. Cela ne lui suffisait pas ?

— C'est une fontaine très célèbre, tenta Lena.

Ça n'impressionna pas Amber le moins du monde.

— Je préférais l'autre. Comment elle s'appelait, déjà ?

— La Fontaine de Trevi, murmura Lena en prenant d'autres clichés.

— J'ai une idée géniale. Je pourrais mettre un T-shirt blanc et me mouiller.

Pas à Rome, non, tu ne peux pas, faillit dire Lena, mais Amber passait déjà à autre chose.

— Oh, attends. Peut-être une robe rouge. Le rouge, c'est sexy. Provocant. Ou, mieux encore, allons au Colisée. Gary ne pourra pas passer à côté de ce message, termina Amber, le regard brillant.

Lena pouvait bien le voir, désormais : Amber en tenue de dominatrice sexy modifiée pour lui donner un air de gladiatrice.

— Il y a plusieurs heures de queue pour entrer au Colisée, lui fit-elle remarquer.

Amber fronça plus encore les sourcils.

— Je vais voir si Vicente peut tirer quelques ficelles. Bref, et comme ça ?

Elle posa un pied sur le rebord de la fontaine, laissant sa jupe remonter pour révéler sa cuisse pâle.

— Euh, bien.

Lena prit encore quelques photos.

— Et si on faisait une petite pause ?

Amber sortit un miroir de poche et vérifia son maquillage pendant qu'elle cherchait une bouteille d'eau dans son sac à dos. Quand sa main toucha son faux diamant, une chaleur se répandit en elle et elle se figea.

— Prête pour la suite ? lança Amber, sans réellement l'écouter, comme d'habitude. Et comme ça ?

Elle écarta les pans de son chemisier déjà bien trop ouvert pour révéler encore plus de peau.

Basta ! aurait voulu crier Lena. *Assez !*

Amber n'était toutefois pas familière avec ce concept. Pas quand il s'agissait de rendre son ex-amant jaloux ou de faire sa propre promo. De plus, Lena avait des problèmes bien plus gros sur les bras. Sa peau la démangeait et ses os craquaient, exactement comme ils le faisaient chaque fois qu'elle s'apprêtait à se métamorphoser.

— Merde… marmonna-t-elle.

Pas maintenant, pitié.

Amber fronça les sourcils.

— Quel est le souci ? Je ne suis pas jolie ?

Sergio pouffa de rire, si discrètement que Lena doutait que qui que ce soit ait pu l'entendre. Même elle n'aurait pas dû, sauf que son ouïe était bien plus développée qu'avant le début de ses métamorphoses. Désormais, elle captait des bruits qu'elle n'avait pas entendus jusque-là, comme le souffle du ventilateur de la camionnette qui passait, et les gargouillis de l'eau dans la fontaine.

— Tu es superbe. J'ai juste besoin de trouver une lumière correcte, répondit-elle rapidement.

C'était un petit mensonge, car elle ne pouvait pas vraiment dire : « C'est juste mes doigts, je crois qu'ils sont en train de se transformer en serres ».

Son esprit se heurta à quelque chose et elle leva les yeux vers Sergio. Il était vêtu de son habituel costume sombre taillé sur mesure qui seyait parfaitement au tracé puissant de son torse. Il était beau à se damner. À se damner plusieurs fois, même, avec ces yeux de gros dur et la ligne ferme de ses lèvres. Un type fort et dangereux à l'extérieur, mais attentionné à l'intérieur. Chaleureux, même. Sensible. Toutes ces choses qu'un homme ne pouvait cacher, pas quand on les lisait si facilement dans son regard.

— Donc, je pensais qu'on pourrait faire une séance au Vatican dans trois jours, quand je serai à nouveau disponible, déclara Amber en rejetant ses cheveux en arrière.

— Dimanche ? demanda Lena avec hésitation en pliant les doigts.

Tout va bien. Tout va bien, se mentait-elle intérieurement.

Elle pouvait parfaitement gérer ça. Elle pouvait tout gérer. Ou en tout cas, elle pouvait le prétendre.

« Concentre-toi sur tes doigts. Imagine-toi humaine », avait dit Sergio.

— Dimanche, c'est parfait. Ça fera plus de gens qui pourront me voir poser, lança Amber en battant des cils. Et j'ai même entendu dire que les hommes de la Garde suédoise étaient quelque chose.

— La Garde suisse, corrigea Sergio dans sa barbe.

— C'est pareil, fit Amber avec un geste indifférent de la main.

Pendant ce temps, la peau de Lena semblait devenir de plus en plus sèche et épaisse.

— Pitié, pas maintenant, chuchota-t-elle.

Pas en pleine journée.

Pourtant, ses doigts continuaient à s'allonger et ses ongles se muaient en griffes.

Dieu merci, Sergio intervint, la bloquant de la vue de tous. Amber, elle, continua ses jacasseries sans rien remarquer.

— Je pourrais mettre du blanc...

— Tout va bien, souffla Sergio à Lena. Regarde tes doigts. Concentre-toi sur eux.

Elle essayait, cependant la peau sur le dos de sa main était de plus en plus épaisse.

Elle inspira avec force.

— Je dois partir d'ici.

La voix de Sergio ne flancha pas et resta sèche et rocailleuse.

— Concentre-toi. Imagine-toi en tant qu'humaine, une partie de ton corps après l'autre. Commence par tes doigts. Là.

Il lui prit les mains, et peu à peu son pouls s'apaisa.

— Oh, je pourrais mettre un crucifix, continuait Amber. Un gros, comme Madonna.

Comment pouvait-elle ne pas réaliser qu'ils l'ignoraient complètement ?

— C'est toi qui contrôles, pas cette autre part de toi, chuchota Sergio.

Lena pouffa presque. Cette autre part, comme il l'appelait, avait des serres, un museau et une queue. Comment pouvait-elle contrôler ça, bon sang ? Plus elle y pensait, plus l'idée la terrifiait.

Heureusement, Amber commença à flirter avec un homme qui l'avait sifflée et dont elle s'était rapprochée pour prendre un selfie. De toute évidence, il s'imaginait qu'elle était une vraie célébrité.

— C'est toi la patronne, Lena, murmura Sergio en lui massant les épaules.

Peut-être qu'il n'était pas seulement à moitié loup. Peutêtre qu'il était aussi un sorcier. Ses paroles étaient magiques, et lui donnaient la réelle sensation que c'était elle qui dirigeait, pas seulement son corps, mais aussi son monde. Son destin, même.

— Bien. Maintenant, remets la bête dans sa cage.

Laisse-moi sortir, grogna une voix au plus profond de son âme.

— Ignore-la, siffla Sergio comme s'il avait entendu. Elle aura une autre occasion de sortir plus tard, mais pour le moment, elle doit rester tranquille.

— Tu viens, oui ? gémit Amber après avoir échangé son numéro avec son nouvel ami.

— Une seconde, répondit Lena d'une voix tremblante.

— Montre-lui qui est le chef, continua Sergio de sa voix basse et rauque, avec un ton qui lui donnait l'impression qu'il lui faisait confiance pour y parvenir. Rien ni personne ne te contrôle. Ni la lune ni la bête. Personne.

Lena ferma les yeux, laissant les mots résonner dans son esprit. Mais elle fut aussitôt emportée dans un endroit sombre, solitaire et terrifiant, alors elle les rouvrit et croisa immédiatement le regard profond de Sergio.

C'est toi la patronne.

Son pouls ralentit et la démangeaison irrésistible de sa peau s'effaça légèrement.

C'est moi *qui commande,* se répéta-t-elle.

Par miracle, cela fonctionna. Ses doigts restèrent des doigts et sa peau reprit une texture normale, tandis que la voix dans son esprit se faisait de plus en plus lointaine. Elle cligna plusieurs fois des yeux et se redressa.

J'ai réussi.

Son sourire devait être communicatif, car Sergio lui sourit en retour. *Je savais que tu le pouvais.*

Elle prit une profonde inspiration, se sentant plus forte que jamais. Excitée, même. Être une métamorphe n'était peut-être pas si terrible. Peut-être qu'elle pourrait vraiment s'en sortir, finalement.

Puis Amber poussa un cri perçant, la tirant de sa bulle de calme éphémère.

— Vicente !

Sergio se tourna, se plaçant entre Lena et l'homme qui approchait.

Vicente donna un coup de pied à un chat errant qui s'enfuit à toute allure en miaulant. Une dizaine de têtes se tournèrent vers le bruit et il sourit. Il sortit un cigare et accueillit Amber dans un baiser répugnant à pleine bouche.

Beurk. Lena grimaça.

Amber ne semblait cependant pas gênée. En fait, elle suivit le mouvement et rapidement, leurs retrouvailles se transformèrent en un spectacle d'exhibitionnistes aux mains baladeuses, avec étreintes et des coups de langue qui invitaient toute personne à cent mètres à la ronde à venir observer.

Regardez-nous, disaient leurs gestes. *Regardez comment font les gens beaux et riches.*

Quand Amber s'écarta de son compagnon, elle fit un clin d'œil vers l'appareil. Puis elle regarda Lena comme pour demander : « Tu n'as rien raté ? »

Lena bougea le doigt sur les boutons de l'appareil pour prétendre que non.

Vicente passa l'index sur le décolleté d'Amber.

— Tu es belle, *pulcina.* Dommage que je ne puisse pas rester.

Amber fit la moue.

— Mais, Big V, tu as dit...

Lena écarquilla les yeux. Big V ?

Vicente couvrit la bouche d'Amber d'un doigt dans un geste brutal et sans douceur qui fit grimacer Lena. S'il était comme ça quand il était de bonne humeur, à quel point pouvait-il être dangereux lorsqu'il ne l'était pas ?

— Pas le temps, *pulcina.*

Il souffla une bouffée de son cigare et leva son téléphone.

— Le travail.

Amber croisa les bras comme pour lui interdire l'accès à la vue extraordinaire de ses seins.

— Tu travailles tout le temps.

C'est comme ça qu'on paie les factures, faillit marmonner Lena.

— *Bella,* ne t'inquiète pas, je me rattraperai. Ce week-end. Sur mon yacht.

Amber tapa des mains comme si elle venait de gagner à un jeu télévisé et se jeta dans ses bras.

— Ton yacht ? Absolument !

Personne ne pouvait manquer l'avidité qui passa dans son regard, pendant que Vicente... Lena détourna les yeux, perturbée par cette combinaison de machisme nombriliste et de soif de pouvoir. D'une certaine façon, ils allaient bien ensemble, mais elle tremblait à la pensée de la rupture inévitable à venir. Vicente était-il du genre à laisser les femmes rompre avec lui, ou étaient-elles victimes d'accidents qui tombaient à pic ?

Amber roucoula et tapa à nouveau des mains en ayant une nouvelle idée brillante.

— Je peux venir avec la photographe ?

Le sang de Lena ne fit qu'un tour à cette suggestion. Vicente traitait les femmes comme des jouets et agissait comme s'il possédait la moitié de Rome. Comment serait-il à bord de son propre royaume flottant ?

Sergio fit signe derrière le dos de Vicente pour lui dire de refuser, comme si Lena avait besoin d'un avertissement.

Vicente haussa les épaules.

— Bien sûr, viens avec qui tu veux.

Puis il fit un large sourire et se tourna vers Sergio.

— Peut-être même que je t'inviterai.

Le visage de ce dernier se fit de marbre et un tic nerveux pulsa dans sa joue.

— J'ai déjà des projets, tenta Lena.

Vicente se tourna rapidement, lui donnant l'impression d'être un lapin pris dans les phares d'une voiture.

— Annule.

Il avait une voix froide et autoritaire qui lui glaça les os.

Lena se figea. Seigneur. Que faire ?

Sergio avança d'un pas et quand Vicente se tourna pour le défier, la tension grimpa en flèche.

— Ne sois pas idiote, lança Amber en riant, complètement détachée du spectacle qui se jouait à ses côtés. Vicente te paiera le double. Pas vrai, bébé ?

Lena cherchait une échappatoire à toute allure. Mais comment ?

Le mafieux reposa son attention sur elle, affichant un grand sourire hypocrite.

— Deux mille euros. Par jour. Cash.

L'estomac de Lena se noua. Ses paroles avaient pour unique but de la rabaisser et de provoquer Sergio. N'importe quelle femme avec un minimum d'amour propre aurait tourné les talons et serait partie.

Mais un petit démon sembla apparaître sur son épaule et chuchoter : « Tout cet argent... »

Quatre mille euros, cela lui permettrait de passer un mois entier sur des projets qui l'intéressaient vraiment. Elle pourrait aller faire de longues promenades magiques en ville et à l'extérieur pour prendre des photos. Cela lui laisserait l'occasion de monter un portfolio correct et de suivre également plusieurs pistes. Elle pourrait même se montrer sélective avec les personnes à qui elle vendrait ses photos. Les petits organismes à but non lucratif n'avaient pas de gros budgets, néanmoins elle pourrait mettre ses principes avant l'argent, pour une fois. Et qui sait ? Une photo valait mille mots, et les siennes pourraient aider à faire passer des messages essentiels. Elles pourraient inspirer les gens à changer leur manière de penser. À voter. À prendre position pour ce qui était juste.

Alors... serait-ce si difficile de supporter quelques jours avec Amber ? Lena pouvait rester discrète, empocher l'argent et filer de là. Certains activistes risquaient la prison pour des causes en lesquelles ils croyaient. Elle pouvait survivre à un week-end sur un yacht de luxe, non ?

Le regard de Sergio brillait. *N'y pense même pas.*

Mais elle le devait. Il ne comprenait certainement pas ce que cet argent lui offrirait ensuite.

Non, vraiment, non, insistait le regard dur de l'homme.

Il veillait seulement sur elle, pourtant elle se hérissait. C'était elle qui commandait, n'est-ce pas ? Une femme forte et indépendante qui n'attendait pas l'approbation d'un inconnu, aussi séduisant fut-il.

— Je vais le faire, annonça-t-elle.

Vicente afficha une expression suffisante qui semblait dire qu'il se doutait parfaitement qu'elle accepterait.

Un goût amer remonta dans sa gorge, mais elle déglutit. Qu'il pense avoir gagné. Il n'obtiendrait que quelques photos de sa *pulcina,* sa petite poulette. Lena, elle, aurait les moyens de se lancer dans quelque chose qui en valait véritablement la peine et changerait le monde. Même si ce n'était qu'un changement modeste, ça valait le coup.

Amber passa le bras autour de celui de Vicente.

— Parfait. On arrête là pour aujourd'hui alors, j'ai du shopping à faire et je dois préparer mes valises pour le yacht. Je te rappelle.

Lena les regarda partir, évitant soigneusement de croiser les yeux de Sergio. Finalement, une fois les deux disparus, il secoua la tête avec amertume. De toute évidence, elle l'avait déçu, et cela la blessait.

— Tu ne sais pas dans quoi tu t'embarques, murmura-t-il.

Elle se mordit la lèvre. Oui, elle l'ignorait, mais elle avait ses raisons.

— Ça pourrait être l'occasion dont j'avais besoin. Une occasion que j'attendais pour changer les choses.

Sergio soupira avec lassitude.

— Les soldats disent ça avant de se lancer dans la bataille, mais tout ce qu'ils y gagnent, ce sont des cicatrices, et seulement s'ils ont la chance de rentrer.

Un frisson lui glaça les veines, toutefois elle campa sur ses positions.

— C'est important.

Puis elle agita la main et tenta de prendre un ton désinvolte.

— Et de toute façon, tu n'es pas obligé de venir.

Il secoua fermement la tête.

— Si tu y vas, j'y vais.

Son ton était sec et n'admettait aucun compromis. Sincère, comme s'il prêtait un serment pour lequel il était prêt à mourir.

Elle déglutit. Tout ça pour elle ?

— S'il te plaît, comprends-moi, je dois le faire, chuchota-t-elle.

Un long silence gênant s'installa entre eux. Il lui donnait le sentiment de se trouver à un tournant, même si elle ignorait dans quel sens.

Puis Sergio donna un coup de pied dans le sol et opina, morose.

— C'est toi la patronne, soupira-t-il. C'est toi la patronne.

Chapitre 6

— *Benvenuto a bordo.* Bienvenue à bord.

Sergio fronça les sourcils alors que l'hôtesse accueillait les invités qui montaient à bord du mégayacht de Vicente. Il en arrivait de plus en plus et tout le monde semblait honnêtement impressionné par l'*Audace.*

Sergio pouffa de rire. Il n'y avait que Vicente pour trouver un nom pareil.

Le yacht était tout ce que Sergio à la fois méprisait et enviait à la richesse. L'*Audace* semblait n'exister que pour laisser voir tout le luxe que Vicente pouvait s'offrir, et même plus que ce Sergio n'aurait jamais imaginé dans ses rêves les plus fous. Comme le sous-marin deux places, ainsi que les jet skis, l'hélicoptère, la piscine à débordement, la tenue de plongée, l'aquarium qui montait du sol au plafond où se trouvaient des requins-corail et beaucoup d'autres choses encore. Si Vicente appréciait et savourait réellement ces extra, cela n'aurait pas vraiment dérangé Sergio. Mais il était comme Amber : ils se fichaient bien de vivre confortablement, ils voulaient seulement que tout le monde remarque qu'ils étaient riches et que les têtes se tournent vers eux.

Sergio plongea son regard dans l'eau noire d'encre de la baie. Comme il détestait les bateaux et l'océan !

Des visions de visage angoissé et de mains frénétiques emplirent son esprit. Son père s'était noyé, ou en tout cas, on lui avait tenu la tête sous l'eau jusqu'à ce qu'il se noie. L'œuvre de son propre frère jumeau, l'oncle assoiffé de pouvoir de Sergio. Et Sergio, du haut de ses sept ans, avait tout vu.

Ce qui soulevait une question : que faisait-il ici ?

On protège Lena, grogna son loup.

Ça, plus le fait que les Gardiens lui avaient donné une seconde mission : en apprendre davantage sur le mystérieux invité VIP de Vicente.

— Les ennuis arrivent, avait dit Dante. Je peux le sentir jusque dans mes os.

En temps normal, Sergio n'aurait pas pris le vieux dragon trop au sérieux, mais le fait que Vicente l'ait ouvertement invité à bord de son yacht tout en faisant presque étalage de son immunité n'annonçait rien de bon.

Bien sûr, viens contrôler mon yacht, mon manoir, mon hélicoptère privé. Je te mets au défi de trouver quoi que ce soit de répréhensible.

Sergio fronça les sourcils. Ça, des choses répréhensibles, il y en avait, il en était certain. Cependant Vicente cachait le tout sous des couches de ciment.

Sergio s'agrippa fermement à la rampe de sécurité. Que ne donnerait-il pas pour avoir Marco pour le seconder ? Mais ce dernier patrouillait dans le ciel, veillant à la menace perpétuelle des Lombardi.

— Et comme ça ? demanda une voix stridente.

Sergio serra les dents. C'était Amber qui posait à nouveau pour l'objectif. Comment Lena trouvait-elle la patience de supporter cette connasse nombriliste ?

Elles étaient à la poupe, où Lena braquait consciencieusement son appareil vers Amber pour la cinquième séance de la journée. Une très longue journée sur un yacht qui ne manquait pas de zones où Amber pouvait prendre la pose. Lena avait déjà capturé une série entière de son corps en bikini qui cachait peu de choses, et enduré une session avec Amber qui portait une casquette de capitaine et se frottait presque sur le gouvernail. Il y avait ensuite eu le shooting avec une combinaison de plongée ; Amber avait ouvert le zip du costume en néoprène jusqu'à la moitié de son buste, révélant au monde entier ses seins artificiels proéminents comprimés comme dans un étau. Sergio ne savait pas comment Lena avait réussi à ne pas rendre son déjeuner.

Il y avait ensuite eu la série de photos assise sur le bar avec des talons hauts. Et maintenant, ça. Un shooting de fin de journée avec Amber dans une robe qui descendait très bas alors qu'elle aurait dû être haute sur son décolleté, que Sergio avait déjà bien assez vu, et montait très haut alors qu'elle aurait dû descendre sur ses cuisses.

Lena, quant à elle, était éblouissante sans même chercher à l'être, dans son chemisier violet, son corsaire sable et ses sandales assorties. Du chic discret qu'aucune des beautés avec bien trop de maquillage à bord de l'*Audace* ne pouvait égaler.

— Youhou, Vicente !

Amber lui lança un baiser de ses lèvres botoxées.

Vicente hocha à peine la tête, trop occupé par son téléphone alors qu'il approchait de la poupe, flanqué de deux jeunes hôtesses nubiles. Chacune abordait le même air neutre, mais à leur odeur de sueur, il était facile de comprendre qu'elles sortaient d'un plan à trois torride avec leur patron.

Les gardes habituels avançaient d'un pas lourd derrière eux : Tolino et Luigi, grands, baraqués, et impossibles à déchiffrer. Sergio ignorait totalement comment ils parvenaient à ne même pas laisser échapper un rictus.

Une des hôtesses portait un plateau de hors-d'œuvre et l'autre un plateau de boissons.

Sergio refusa les deux propositions.

— Je n'ai pas faim.

— Nous nous verrons très vite, *signore*, murmura Vicente dans son appareil. Ne vous inquiétez pas pour le délai.

Sergio regarda l'horizon. Toute la journée, les employés du yacht avaient vibré d'anticipation à la perspective de cet invité ultra VIP qui devait venir au cocktail du soir. Qui était-ce ?

— *Arrivederci*, murmura Vicente avant de raccrocher.

Il claqua ensuite des doigts, appelant Amber comme un chien.

— Mes invités attendent.

Elle se précipita vers lui et lui caressa le torse.

— Tu n'aimes pas ma robe ? ronronna-t-elle.

— *Bellissima*, déclara-t-il.

Une des hôtesses eut un sourire narquois. Vicente lui avait-il affirmé la même chose pendant qu'il explorait son corps un peu plus tôt ?

— Vite, encore une photo, pressa Amber avec un geste de la main vers Lena.

Celle-ci obtempéra en ravalant sa langue. Elle faisait profil bas, comme toujours, ce qui valait mieux dans une situation comme celle-ci. Moins Vicente la remarquerait, mieux ce serait.

Non pas que Sergio pouvait comprendre pourquoi quelqu'un ne regarderait pas Lena. Elle était silencieuse et sans prétention, néanmoins elle rayonnait d'une façon qui était absolument saisissante, et son physique banal tendait vers la beauté à couper le souffle dans les moments où on s'y attendait le moins.

Comme maintenant, chantonna son loup.

Le soleil se couchait et les lueurs dorées accentuaient les reflets naturels de ses cheveux.

Bellissima, faillit-il dire à voix haute.

Un courant d'air froid venant de la climatisation le traversa quand l'hôtesse ouvrit la porte coulissante. Aussitôt, le brouhaha de la fête envahit la paix toute relative du pont. Dès qu'Amber, Vicente et son entourage entrèrent, la porte se referma, étouffant le bruit.

Avec un soupir, Sergio se tourna pour regarder le coucher de soleil et observer la mer avec prudence. Les rivières et les ruisseaux, ça allait, mais cette immense étendue d'eau agitée lui ramenait de très mauvais souvenirs.

— Comment tu fais pour supporter ça ? murmura-t-il en prenant soin de regarder uniquement vers l'horizon.

Pour un observateur quelconque, Lena et lui n'étaient que deux personnes qui se trouvaient au même endroit au même moment, et non un couple dont le corps appelait celui de l'autre avec un total abandon.

Lena prétendit passer en revue les photos qu'elle venait de prendre.

— Comme toi, murmura-t-elle en bougeant à peine les lèvres. C'est un travail.

Il aurait voulu secouer la tête. La photographie n'était pas son travail, c'était sa passion.

— Eh bien, c'est un travail auquel je serais heureux de mettre fin, admit-il en regardant les vagues frapper la terre à l'horizon.

L'*Audace* avait jeté l'ancre au milieu de la baie, non loin de l'Ostia Antica, un ancien port de la Rome antique. À l'ouest, le soleil baignait l'eau de bandes brillantes et colorées, alors que les collines italiennes maintenaient une lueur vert doré. Une belle image, mais bon sang, comme il avait hâte de retrouver la terre ferme !

— Je serai heureuse d'en voir la fin moi aussi, souffla Lena en pointant son objectif vers le coucher de soleil.

La porte de la cabine s'ouvrit et le son des discussions envahit à nouveau le pont. Amber sortit, le visage grimaçant.

— Lena. Lena !

Sergio s'écarta, se rendant invisible aux yeux d'Amber comme l'étaient les employés des riches snobinards.

— Aide-moi avec ça, ordonna la femme en bataillant avec un collier.

Sergio se tendit. C'était le diamant de Lena. Un des trésors du dragon, si c'était bien celui que les Gardiens avaient utilisé comme leurre. Amber avait insisté pour le porter durant une séance photo et n'avait jamais pris la peine de le rendre.

Les premières fois que Sergio avait vu le joyau, celui-ci avait ressemblé à une breloque sans valeur : sombre, en dehors des moments où il brillait à chaque fois qu'Amber le touchait. Mais, plus le temps passait, plus il semblait réel. Était-ce parce qu'il était à proximité d'une Veilleuse du feu ? Est-ce qu'il la désignait jusqu'à ce qu'il soit impossible de ne pas remarquer l'Élue ?

Sergio grimaça. Les Veilleuses du feu pouvaient changer le destin d'une ville entière. Comment le destin avait-il pu désigner Amber pour un rôle aussi primordial ? D'un autre côté, le destin avait parfois un étrange sens de l'humour... Il connaissait notamment l'histoire de Viola Viduzzi, la Veilleuse du feu qui n'avait rien fait d'autre de sa vie que la fête.

— Il me gratte, je déteste ça, gémit Amber. Mes cheveux n'arrêtent pas de s'emmêler.

Alors, ne le porte pas, aurait-il voulu aboyer en retour.

Vicente suivit Amber à l'extérieur et lança un regard meurtrier à Lena, comme si c'était sa faute si sa cavalière n'était pas accrochée à son bras, là où il croyait qu'était sa place.

— *Sbrigati,* grogna-t-il.

Bouge-toi.

Ses gardes du corps fusillèrent Lena du regard et Sergio parvint à peine à se retenir de leur montrer les dents.

Puis, Lena sortit le fermoir sous la jungle de cheveux d'Amber et la lumière du soleil éclaira une face du diamant, lui donnant une lueur rouge. *Très* rouge. Incroyablement rouge.

Un rouge surnaturel.

Le loup de Sergio se mit en état d'alerte, surtout quand il vit la lueur avide dans le regard de Vicente. Tolino, son garde du corps, avait braqué ses yeux sur le scintillement également.

« Le diamant d'Eruzzi, l'un des trésors d'Augusta, une Veilleuse du feu qui descend directement de la reine Liviana. ». Les paroles de Dante, le vieux Gardien, résonnaient à l'esprit de Sergio. *S'il s'allie avec une Veilleuse, il pourrait devenir une de nos plus grandes menaces.*

Cette possibilité rendait Sergio malade. C'était déjà assez difficile d'imaginer Amber régner comme Veilleuse du feu sur la ville, mais imaginer Vicente manipuler ce pouvoir était encore pire. Le destin se jouait forcément d'eux.

Dieu merci, un des invités les appela.

— Un toast en l'honneur de notre hôte !

— L'hôte des hôtes ! s'amusa un autre.

Vicente se tourna vers ses invités, tout sourire.

— Oh, ça me brûle, geignit Amber. Enlève-moi ça.

— Une seconde, marmonna Lena en luttant contre le fermoir.

Tandis qu'elle retirait le collier, le joyau brilla plus fort encore. Si fort que Sergio faillit détourner le regard. Vicente commença à se tourner vers Lena et Amber, mais par miracle, Tolino le garde du corps s'approcha, lui bloquant la vue. Quand Vicente put à nouveau regarder, Lena avait fermé la main sur le diamant, masquant ainsi sa lumière.

— Voilà, dit-elle en le glissant dans sa poche.

— Enfin, grogna Amber avant de se précipiter vers Vicente.

Le regard de ce dernier oscilla entre Amber et Lena, toutefois il haussa les épaules et retourna à sa fête.

Pendant ce temps, Sergio resta complètement immobile. Tout ce temps, il avait présumé qu'Amber était la Veilleuse du feu. Mais ce collier brillait en réalité pour Lena.

Je t'ai bien eu, hein ? fit la voix basse et grave du destin à son oreille, moqueur comme jamais.

Sergio ouvrit la bouche avant de la fermer, rendu muet par la révélation. Était-ce vraiment possible ?

Il repensa à la première fois qu'il avait vu le diamant. C'était près de l'escalier de la Trinité-des-Monts ; il avait brillé au contact de Lena. C'était Lena qui faisait ressortir la puissance et la lumière du bijou. Même maintenant, le picotement de l'électricité statique parcourait ses veines.

Son pouls s'accéléra alors qu'il la fixait.

— Veilleuse du feu... souffla-t-il.

Et tout à coup, toutes les pièces du puzzle se remirent en place. L'héritage italien de Lena. Ses premières métamorphoses à son arrivée à Rome... La ville qui l'appelait depuis des années.

— Viens, l'appela Amber. J'aimerais que tu prennes quelques photos de la fête.

Sergio dut user de toute sa volonté pour ne pas tirer Lena en arrière et l'empêcher de la suivre. Son esprit tourbillonnait. Il devait la faire descendre du yacht, et vite. Vicente ne l'avait pas vue illuminer le joyau, mais si cela arrivait...

L'estomac de Sergio se noua.

Il lança un regard à Tolino. Est-ce que le garde du corps avait remarqué ? Étant un métamorphe loup, il devrait réaliser ce que cela signifiait.

Mais Tolino emboîtait le pas à Vicente sans regarder derrière lui.

Sergio souffla et commença à réfléchir à un moyen pour faire partir Lena d'ici. S'enfuir dans la précipitation attirerait l'attention de tous et il ne pouvait se le permettre. Il endura donc quarante minutes de stress intense, à s'inquiéter et à transpirer tout du long. Le destin testait sa patience, sans l'ombre d'un doute. Il pesait sur ses épaules et se gaussait avec plaisir.

Je t'ai caché la vérité. Mais maintenant, tu la vois.

Oh que oui bon sang, il la voyait bel et bien. Et il devait sortir Lena de là immédiatement.

Mais quelque chose lui disait que cela se retournerait contre eux, alors il sua encore un quart d'heure de plus. Le destin voulait une preuve qu'il était plus qu'un simple loup entêté comme tant d'autres ? Très bien, il le prouverait. Même si c'était une pure torture.

Enfin, le DJ augmenta le volume de la musique et la fête devint plus endiablée. Silencieusement, subtilement, Sergio entraîna Lena dans le couloir de service.

— Pfiou, soupira Lena quand la porte se ferma derrière eux. Tu m'as sauvée.

Pas encore, malheureusement, mais c'était bel et bien ce qu'il comptait faire.

— Le diamant...

Elle toucha instinctivement sa poche.

— Quoi ?

Il baissa les yeux et... il brillait presque à travers le tissu.

Il se maudit pour la centième fois de la soirée. Comment avait-il pu être aussi aveugle ?

Parce que c'était mon plan, murmura le destin.

Quel plan ? aurait-il voulu hurler.

Mais il n'obtint pas de réponse. Bon, très bien. Il attrapa Lena par le bras et la guida le long du couloir, ses pensées tournant à vive allure afin de trouver un plan.

— Je t'expliquerai plus tard. Pour le moment, il faut qu'on s'en aille d'ici.

— Attends. Non, je dois finir...

Il la coupa en secouant la tête.

— On s'en va, tout de suite.

Et puis merde pour la mission que les Gardiens lui avaient confiée, il ne découvrirait pas l'identité de l'invité VIP mystère. Et tant pis si Sergio perdait toute la confiance qu'il cherchait à obtenir de leur part ; la sécurité de Lena était primordiale.

Le couloir était étroit et ils oscillaient maladroitement. Lui la tirait en avant et elle luttait.

— Que se passe-t-il ?

— Pas le temps d'expliquer.

Elle se planta sur ses pieds et grogna.

— Prends le temps. J'ai quatre mille euros en jeu.

C'est bien un tempérament de Veilleuse du feu, murmura son loup.

— Le diamant n'est pas un diamant, commença-t-il.

— Bien sûr que non, il est faux, regarde.

Elle le sortit de sa poche et la lumière illumina aussitôt leur visage, traçant de longues ombres dans le couloir étroit.

— Il n'avait jamais fait ça avant, fit Lena, bouche bée.

Sergio lui fit fermer la main autour du collier et la tira à nouveau.

— Si, mais ce n'étaient que des petits éclats que j'attribuais à Amber. Mais en fait, c'était toi, finit-il en chuchotant.

— Je ne fais rien de spécial, insista-t-elle.

— Je te promets de t'expliquer, mais dehors, la pressa-t-il en désignant l'étage du menton. Il pourrait y avoir des caméras de surveillance.

Et s'il y en avait, il espérait que personne n'était actuellement devant l'écran. Pire encore, il y aurait aussi des enregistrements. Tôt ou tard, Vicente comprendrait pourquoi ils étaient partis précipitamment. Mais Sergio pouvait l'empêcher d'en entendre trop.

— Mais...

Il secoua la tête avec fermeté. S'il devait sortir Lena de force pendant qu'elle se débattait et criait, alors il le ferait.

— On s'en va. Maintenant.

Par chance, Lena suivit, il n'eut donc pas à la porter. Elle insista pour passer dans sa cabine récupérer la sacoche de son appareil photo, mais une fois fait, elle l'accompagna en silence.

Un silence assez relatif.

— Tu en es sûr ?

— J'en suis certain. Allons-y. *Piano.*

En silence.

Mais il était trop tard. Des bruits de pas approchaient devant eux. Sergio se figea sur place. Ils n'avaient pas le temps de fuir, on les remarquerait certainement. Se battre mettrait tout le navire en alerte, donc...

Il poussa délicatement Lena contre le mur et murmura :

— Fais-moi confiance.

Elle écarquilla les yeux et lança un coup d'œil vers le fond du couloir. Cependant quand il couvrit ses lèvres des siennes, elle battit un instant des paupières avant de laisser échapper un petit soupir.

L'idée était de simuler une aventure amoureuse. Aucun membre de l'équipage ne sonnerait l'alarme pour ça, n'est-ce pas ? Mais le baiser eut immédiatement sa volonté propre et Sergio n'eut pas à feindre quoi que ce soit. Quelque part dans un coin de son esprit, il remarqua les pas qui approchaient et tournaient dans leur couloir. Mais en dehors de ça...

Le bonheur. Un pur bonheur. Il avait la vue complètement voilée, comme si le destin avait pris un mauvais détour et l'avait envoyé au paradis. Ses oreilles bourdonnaient et son sang... *Madonna*, la chaleur. En quelques secondes, il se retrouva à plonger fermement les doigts dans les cheveux de Lena et caressa ses lèvres avec la langue.

Elle passa les bras autour de ses épaules et pressa les hanches contre les siennes.

Les pas se rapprochaient encore, toutefois Sergio ne s'en préoccupait plus. Pas avec le doux parfum de Lena et l'odeur enivrante qui lui faisait tourner la tête.

Quelqu'un pouffa de rire et le membre de l'équipage passa derrière eux, amusé.

— *Scusami.*

Excusez-moi.

La ruse avait apparemment fonctionné, mais bon sang. Comment pourrait-il se résoudre à mettre fin à ce baiser ? Pourquoi en aurait-il seulement envie ?

Finalement, ce fut Lena qui s'écarta doucement, la main sur sa joue.

— Un sacré baiser, murmura-t-elle.

Il replaça ses cheveux, les doigts tremblants. Au temps pour son sang-froid.

— Un sacré baiser, confirma-t-il.

Lentement, il descendit le doigt et lui caressa tendrement la joue. Puis il réalisa tout à coup quelque chose et faillit soupirer.

Mannaggia. Lui expliquer pour les Veilleuses du feu et pour le trésor du dragon serait déjà assez compliqué. Devoir en plus lui parler de l'histoire du destin et des âmes sœurs... ce serait bien plus difficile.

— Euh... par ici ? reprit-elle en pointant le couloir du doigt.

Au moins, elle réfléchissait encore pour eux deux.

Sergio se força à agir.

— Oui, par ici.

Quelques autres tours et détours les conduisirent jusqu'au petit garage du yacht, rempli de skis nautiques, d'équipement de plongée, tout ce qu'il fallait. Sergio se précipita vers le jet ski le plus proche de la poupe. Après un rapide coup d'œil autour de lui, il pressa le bouton et ouvrit la porte hydraulique. Alors que l'ouverture grandissait, la lune éclaira timidement la pièce, portant une lumière pâle et inquiétante sur les équipements. À l'extérieur, les vagues ondulaient sur la mer sans fin, le mettant au défi de sauter.

Il déglutit. Comme il détestait la mer ! Mais il n'avait pas le choix. Ouvrir la porte lancerait l'alerte sur le navire, et d'une minute à l'autre, les membres de l'équipage viendraient enquêter.

Il se précipita vers le jet ski et fit signe à Lena de le suivre. Ensemble, ils le poussèrent sur la courte rampe qui descendait dans la mer. Là, il s'arrêta et passa la main dans ses cheveux. Merde. Il allait vraiment faire ça ?

Lena lui toucha la main.

— Tu sais conduire ça ?

Non, mais c'était le cadet de ses soucis maintenant que tous ses vieux démons se réveillaient dans son esprit.

Néanmoins, entre la détermination née de sa décennie de challenges à l'armée et le contact apaisant de Lena, il réussit à prendre une profonde inspiration et regarda à nouveau leur véhicule. Comment ce machin fonctionnait-il ?

— Laisse-moi faire, murmura-t-elle.

D'un mouvement rapide et assuré, elle enfila sa sacoche à son épaule et monta sur le jet ski.

— Pousse-moi et saute dessus.

Il la dévisagea.

— Tu sais t'en servir ?

Elle sourit.

— J'ai été photographe pour une station balnéaire. Maintenant, vas-y.

Son regard étincelait, et lui demandait clairement de lui accorder sa confiance à son tour.

Ne savait-elle pas qu'il était un loup solitaire ? Avait-elle la moindre idée du temps qu'il lui avait fallu pour faire confiance à ses camarades à la Légion ?

Non, bien sûr que non.

Malgré tout, il se surprit à pousser le véhicule dans l'eau, à monter derrière elle et à passer les bras autour de sa taille.

— Accroche-toi, lança-t-elle avant de démarrer.

Elle tourna l'accélérateur avec expertise et le jet ski commença à avancer.

— On va où ?

Sergio regarda par-dessus son épaule. Personne ne semblait encore enquêter sur la porte ouverte, toutefois ce n'était qu'une question de temps.

Il désigna la côte au hasard.

— Éloignons-nous le plus possible.

Chapitre 7

Lena n'avait jamais rien volé de toute sa vie, cependant une certaine excitation s'empara d'elle quand elle réalisa qu'elle fuyait l'un des jouets de Vicente. Ça, plus le vent dans ses cheveux alors qu'elle poussait le jet ski sur les vagues. Plus puissante encore, la sensation des bras de Sergio autour de sa taille et son menton sur son épaule. Et le meilleur de tout, le baiser qui lui picotait toujours les lèvres et qui lui avait laissé une impression de vertige, comme si elle était ivre.

D'un autre côté... Elle venait de dire adieu à quatre mille euros. Pire encore, Vicente serait furieux. Elle regarda derrière eux, par-delà le panache d'eau que le jet ski soulevait. Elle avançait à faible allure, laissant le moteur faire à peine plus de bruit qu'un ronronnement jusqu'à ce qu'ils soient loin du yacht, en direction de toute la lumière qui devait indiquer le port. Jusqu'ici, personne ne semblait les avoir remarqués, mais ce n'était probablement qu'une question de temps. Et ensuite, quoi ? Vicente n'était pas un homme qu'il fallait mettre en colère.

— Tu es sûr que c'est une bonne idée ? lança-t-elle par-dessus son épaule.

Sergio secoua la tête.

— Nous n'avons pas le choix.

Sa voix crispée voulait tout dire, alors elle accéléra, les manches de son chemisier fouettant le vent.

— Qu'est-ce qu'il se passe, exactement ?

Elle sentit le bras de Sergio se tendre autour d'elle.

— Toi. Le diamant.

Elle baissa les yeux. Le collier était dans sa poche, hors de vue, mais assez chaud pour qu'elle le sente. Il apportait une sensation de réconfort et de terreur à la fois.

— Il est chaud. Comment c'est possible ? Et il brillait...

— Il est ensorcelé.

Le jet ski fit une embardée quand elle trembla.

— Ensorcelé, genre, de la magie ?

Sergio acquiesça.

— Il fait partie d'un ancien trésor de dragon.

Lena déglutit, imaginant un dragon qui admirait son diamant dans son antre, où les trésors étincelaient. Elle avait été tellement sûre qu'il s'agissait d'un faux quand elle l'avait trouvé, toutefois plus le temps passait, plus le joyau se faisait brillant. Tout comme la sensation en elle.

Elle trembla, et ce n'était pas dû à la fraîcheur du soir.

— Je croyais que c'était Amber, mais c'était toi, dit Sergio à voix basse, émerveillé.

— Amber disait qu'il devenait chaud à son contact, répondit Lena en fronçant les sourcils.

Sergio pouffa de rire.

— Probablement parce qu'il voulait s'éloigner d'elle autant que possible. Qui irait le lui reprocher ?

Lena grimaça, mais elle devait admettre que c'était logique.

— Le joyau a du pouvoir, continua Sergio. Tout comme toi.

Elle pouffa de rire. Elle ? Du pouvoir ?

— Je n'ai aucun pouvoir.

— Oh, mais bien sûr que si, murmura-t-il. Et si Vicente mettait la main sur ce joyau... ou sur toi...

Ils restèrent silencieux, laissant seulement le bruit du moteur autour d'eux.

— Ouah, attends.

Lena ralentit brusquement et l'élan le poussa contre elle.

— Si tu croyais qu'Amber était liée au diamant, Vicente doit le croire aussi ?

Puis elle hoqueta et se couvrit la bouche.

— Est-ce qu'il pense que c'est elle qui a un pouvoir ?

— C'est ce que je crois. C'est pour ça que je devais vite te tirer de là.

Elle lui attrapa le bras.

— Et Amber ? Elle est en danger ?

Elle tourna le guidon pour faire demi-tour.

— On doit y retourner.

Sergio leva la main.

— Sûrement pas, c'est trop dangereux pour toi.

— Pour elle aussi. Vicente pourrait faire n'importe quoi en découvrant que ce n'est pas elle. Il pourrait l'étrangler. La jeter par-dessus bord...

Sergio haussa les épaules, indifférent, et elle lui frappa le bras.

— On doit aller la prévenir.

— C'est trop dangereux, refusa-t-il en secouant la tête.

— Mais...

— Est-ce qu'Amber ferait demi-tour pour toi ?

Lena soupira.

— Sans doute pas, mais ce n'est pas une raison pour ne pas faire ce qui est juste.

Il la regarda longuement.

— Tu es incroyable, tu le sais, ça ?

Elle pouffa de rire.

— Faire ce qui est juste n'a rien d'incroyable.

— Pour la plupart des gens, si. Donc, non, tu n'y retournes pas. De plus, Amber a la capacité de prendre soin d'elle, je suis sûr que ça ira.

Lena n'en était pas convaincue, néanmoins elle se dirigea avec réticence vers la terre ferme.

— Et maintenant ?

— On va trouver un endroit sécurisé. Je vais contacter mon ami Marco et voir s'il serait plus sûr de t'emmener.

— M'emmener où ?

— Chez les Gardiens.

Elle aurait voulu en savoir plus, mais il secoua la tête.

— Je t'expliquerai plus tard. Pour le moment, nous devons retourner sur la terre ferme.

Elle serra plus fort le guidon. Tant de questions se bousculaient dans sa tête, malgré tout Sergio avait raison ; plus elle mettrait de la distance entre Vicente et elle, mieux ce serait.

Pendant les minutes qui suivirent, ils fendirent les flots sans un mot. La mer était calme et les petites vagues reflétaient l'éclat de la lune. En d'autres circonstances, cela aurait même pu être magique. Toute cette eau, toutes ces étoiles. Et cet éclat de lune qui semblait dépasser l'espace et le temps, lui donnant la sensation d'être une astronaute.

Dommage qu'elle ait proposé de conduire, si elle avait été à l'arrière, elle aurait pu sortir son appareil et prendre quelques photos de ce magnifique spectacle qui s'offrait à eux.

Puis, tout lui revint et elle bannit ces pensées de sa tête. Plus elle s'éloignerait de Vicente, plus elle serait en sécurité, et Sergio pourrait enfin lui expliquer ce qu'il se passait.

— Par ici, dit ce dernier en désignant une zone de la plage dans l'ombre, loin des lumières du port.

Elle accosta avec prudence, puis descendit du jet ski dans l'eau qui lui arrivait aux chevilles. Sergio repoussa le véhicule et la pressa d'avancer. En quelques minutes, ils avaient franchi une rue tranquille et débarquèrent au cœur d'une zone industrielle négligée où se trouvaient des immeubles bas et des petits entrepôts. La musique résonnait dans un bar au loin et Sergio s'arrêta pour renifler l'air.

— Attends ici. Je reviens tout de suite.

— Attends...

Mais il était trop tard. En un instant, il avait traversé la moitié de la rue, plongeant d'une zone d'ombre à l'autre avec une précision militaire. Et, aussi facilement que cela, il disparut.

Elle recula et regarda au coin de la rue dans l'espoir de le repérer, mais il n'y avait rien de plus que l'odeur de poisson du port et une musique disco ringarde perceptible dans la nuit. Quelque part, non loin, quelqu'un faisait cuire une sauce spaghetti à l'ail. Si elle n'avait pas réussi à chiper des hors-d'œuvre sur le yacht, son estomac aurait grondé.

Les secondes devinrent des minutes, et les minutes presque un quart d'heure. Un quart d'heure d'anxiété durant lequel Lena avait plusieurs fois touché la pierre dans sa poche en se demandant pourquoi elle avait quitté sa maison.

Pourtant, dès que l'idée lui traversa l'esprit, elle la chassa. Elle ne pouvait pas s'imaginer y retourner, maintenant. Venir à Rome avait été la chose la plus spontanée et libératrice qu'elle avait faite de toute sa vie. Son précédent travail de photographe et de webdesigner dans une agence de marketing n'avait pas été horrible, cependant il n'y avait rien eu de créatif ni de stimulant. Elle se sentait déjà chez elle à Rome. C'était comme... comme...

Le destin, murmura une voix faible dans son esprit.

Elle déglutit. Le destin la guidait vers une nouvelle vie épanouissante... ou une fin tragique.

Un moteur gronda et elle recula d'un bond tandis qu'une moto de sport fonçait dans sa direction. Quand le conducteur lui fit signe, elle dut le regarder longuement avant de réellement le discerner.

— Sergio ?

— *Fretta.*

Dépêche-toi. Il désigna le siège derrière lui.

— Tu l'as volée ? demanda-t-elle sans le lâcher du regard.

— Empruntée. Je promets de la rendre... prochainement. On pourrait y aller, s'il te plaît ?

Elle réfléchit. Elle avait déjà volé un jet ski, et maintenant une moto ?

Tout à coup, la lumière chassa l'ombre de la baie. Est-ce que quelqu'un sur l'*Audace* avait lancé l'alerte ?

Elle sauta derrière lui et passa les bras autour de sa taille. Juste à temps, parce qu'il partit à toute allure, faisant cabrer la moto si haut qu'elle faillit tomber. Pendant les cinq minutes qui suivirent, elle s'accrocha à lui comme si sa vie en dépendait pendant que celui-ci slalomait à travers des ruelles sinueuses. Puis ils traversèrent une longue zone pavée qui les fit tellement trembler et tressauter qu'elle crut y laisser ses dents. Enfin, Sergio accéléra sur une longue section sombre d'une rue à sens unique.

— Où allons-nous ? demanda-t-elle.

Elle regardait ce que le phare étroit de la moto éclairait devant eux.

— Je n'en suis pas encore sûr.

Lena ferma les yeux. Ce devait être la nuit la plus folle de sa vie, mais avoir Sergio près d'elle l'aidait beaucoup à se rassurer.

Plus il est près, mieux c'est, murmura cette voix en elle.

Avoir ses bras autour d'elle sur le jet ski l'avait aidée à rester calme, toutefois être derrière lui était encore mieux, car elle pouvait à son tour passer les bras autour de sa taille, s'appuyer et inspirer son parfum envoûtant.

Pas mal, faillit-elle chantonner. Ou peut-être était-ce son animal intérieur ?

Elle réalisa alors que Sergio avait passé le trajet en jet ski à faire exactement la même chose avec elle. S'accrocher avec plaisir, se pencher contre elle, respirer son odeur.

Son cœur battit un peu plus vite. Ce baiser sorti de nulle part sur le yacht avait prouvé que leur attirance était mutuelle. Qu'est-ce que cela signifiait ?

Rien, s'arrêta-t-elle avec force. Sergio était une Grosse Erreur, avec majuscules. Il était rustre. Coriace. Dangereux. Blessé par la vie et beau comme un dieu. Avec tout cela, il était bien trop facile de tomber amoureuse de lui, tout comme sa mère avait craqué pour son père.

Elle se força à relâcher un peu sa prise et à s'écarter. Mais sur une moto, à toute allure, et sur une route cahoteuse, elle n'eut pas d'autre choix que de se recroqueviller bien vite contre lui. « Confortablement », aurait-elle pu dire, si son dos ne lui avait pas fait aussi mal. Est-ce que cela venait des secousses, ou est-ce qu'elle commençait à se transformer une nouvelle fois ?

Ce sont les secousses, décida-t-elle. Il n'y aurait aucune métamorphose ce soir.

Après vingt minutes de route, Sergio désigna la droite en silence.

Quoi ? faillit-elle demander.

Puis elle le vit : une longue ligne sombre qui grandissait dans le paysage comme un train express qui jaillissait de l'au-delà. Une seconde ligne apparut derrière, convergeant jusqu'à ce que les deux soient côte à côte, et les deux structures s'élevaient de plus en plus à mesure qu'ils avançaient.

Les aqueducs, réalisa Lena. Ceux de la Rome antique, longs d'un kilomètre, millénaires, et qui s'étiraient dans une série d'arches gracieuses. Çà et là, une section était en ruines, mais en dehors de cela, ils étaient quasiment intacts.

Sergio prit un virage serré à droite et passa sous une arcade, puis tourna à gauche et suivit un chemin de terre entre les deux. La lueur de la lune baignait les monuments d'une lumière venue de l'est et les doigts de Lena frémirent sur un appareil photo imaginaire.

À sa surprise, Sergio s'arrêta. Quand il coupa le moteur, le silence s'installa. Ou plutôt, la paix, parce que les cigales chantaient avec force et un hibou hulula depuis un arbre au loin. Un million d'étoiles scintillaient au-dessus de leurs têtes. La scène était si paisible et isolée que Lena aurait presque pu prétendre qu'il n'y avait ni de Vicente ni d'ennuis derrière elle. Seulement Sergio et elle, confortablement enlacés, seuls.

Mais le diamant pulsa, lui rappelant le danger dans lequel elle se trouvait, et elle sentit une douleur au creux de son estomac.

— Je suis désolée, chuchota-t-elle.

Sergio secoua la tête.

— Tu n'as rien fait de mal, c'est Vicente le problème.

Il siffla ensuite un juron en italien avant de soupirer.

— La question est de savoir ce que l'on va faire, maintenant.

Elle détestait ne pas avoir de bonne réponse, mais une idée germa dans son esprit.

— Tu as parlé des Gardiens. Qui sont-ils ?

Sergio hésita avant de répondre.

— Chacune des grandes villes d'Europe a ses propres Gardiens. Ce sont des personnes puissantes qui sont censées maintenir la paix entre les métamorphes et les autres êtres surnaturels.

Elle sentit les cheveux de sa nuque se hérisser en entendant « sont censées » et « surnaturels ».

— Les êtres quoi ? demanda-t-elle après avoir dégluti.

— Les surnaturels. Des métamorphes, des vampires, des sorcières...

Elle dut serrer ses bras autour d'elle, car Sergio se précipita pour ajouter :

— À Rome, il y a surtout des métamorphes.

C'était censé la réconforter ?

— Est-ce que les Gardiens essaient de maintenir la paix ou est-ce qu'ils y arrivent ? demanda-t-elle finalement.

— Ils essaient. La paix est aussi éphémère pour les humains qu'elle l'est pour les métamorphes, soupira-t-il. Elle va et vient, et nos destins sont entrelacés. Regarde le siècle qui vient de passer, par exemple. Des périodes de prospérité, des périodes de guerres. Les années sombres sous Mussolini. La guerre, puis la paix. La création d'alliances, et maintenant...

Il laissa sa phrase en suspens.

Lena pinça les lèvres, se demandant si ce « maintenant » évoquait les affaires de métamorphes ou les problèmes du monde humain. Le terrorisme, la propagande de la peur, l'isolationnisme. Elle pouvait combattre certains de ces problèmes grâce aux photos où elle capturait un instant poignant ou mettait en évidence une injustice. Mais les histoires de métamorphes... Que pouvait-elle y faire ?

Pendant un moment, ils regardèrent la nuit en silence.

— Tu fais confiance aux Gardiens ? demanda-t-elle finalement.

Sergio ne répondit pas tout de suite.

— Oui et non. Ils ne veulent pas plus que nous que Vicente s'empare du pouvoir. Mais ce n'est pas juste la pierre. Il y a toi, aussi. Tu es une Veilleuse du feu.

Il prononça ces mots inconnus avec une telle révérence qu'elle secoua la tête. Elle n'avait rien de spécial. Mais, au fond d'elle, quelque chose s'agita, comme une prise de conscience.

— Une Veilleuse de quoi ?

— Une Veilleuse du feu. Une descendante d'une puissante reine dragonne. Les villes prospèrent quand ils ont une Veilleuse qui y vit, et Rome n'en a pas eu depuis des années.

Elle fronça les sourcils, peu convaincue de posséder un quelconque pouvoir. Quant à descendre de la royauté...

Elle chassa aussitôt cette notion grotesque.

— Je ne sais même pas me métamorphoser.

— Peut-être pas encore, mais bientôt.

Elle trembla. Honnêtement, elle n'était pas très attirée par l'idée. Elle pourrait peut-être trouver une solution pour l'éviter. Indéfiniment.

Un grondement monta au plus profond d'elle et ses muscles se tendirent. *On doit se métamorphoser. Laisse-moi sortir.*

Elle se retrouva pliée en deux à haleter. Pitié, pas ici. Pas maintenant.

Sergio se tourna aussitôt vers elle.

— Qu'est-ce qu'il y a ?

Elle déglutit, tentant de lutter contre cet intrus intérieur.

— Ça arrive encore.

Ses doigts griffèrent l'air et son dos lui faisait mal. Elle regarda autour d'elle, désespérée. La lune n'était même pas encore pleine, pourtant sa peau était sèche et la démangeait, comme ces dernières fois.

Sergio posa une main sur son bras.

— C'est toi qui contrôles. Pas la bête.

— Essaie de dire ça à un dragon, hoqueta-t-elle alors que ses épaules se courbaient.

Ça ne fera pas mal si tu ne luttes pas, grogna la voix intérieure.

Sergio lui caressa les mains avec les pouces.

— Personne ne te dit ce que tu dois faire, Lena.

Elle déglutit avec force et se visualisa sous sa forme humaine, droite et assurée. Personne ne lui disait quoi faire.

Tu ne sortiras pas, ordonna-t-elle à la bête. *Pas tant que je ne le déciderai pas.*

Quand, alors ? gémit la créature.

Jamais serait l'idéal, mais cela n'allait pas fonctionner. Au lieu de cela, elle se contenta d'un *bientôt, mais pas ce soir.* Dieu savait que cette nuit avait déjà été bien assez folle.

Promets-le, insista la bête.

Elle serra les dents. *Je le promets, mais je choisirai le moment et l'endroit, pas toi.*

Mais quand ?

Y avait-il un bon moment pour se transformer ? Elle en doutait.

Quand Sergio le dira, d'accord ? répliqua-t-elle sèchement, agacée.

Avec Sergio ? ronronna sa dragonne, tout à coup attentive. *Ça serait génial.*

Lena n'était pas sûre que ce soit aussi génial que le laissait paraître le dragon en elle, toutefois l'idée était assurément réconfortante. Et cela fonctionna, parce que sa bête intérieure retourna dans cette zone en elle où elle résidait, distraite par des pensées heureuses.

— Tu vois ? C'est toi qui contrôles, dit Sergio en lui tapotant les bras une fois qu'elle fut un peu plus calme.

À peine. Elle fronça les sourcils et leva les yeux. La lune n'était pas pleine, néanmoins elle semblait tout de même donner plus de puissance à son animal intérieur, tout comme la gemme dans sa poche.

— Y a-t-il un endroit où nous pouvons aller ? Pour ne plus être à l'air libre, je veux dire.

Sergio la regarda longuement sans répondre, alors elle reprit en murmurant :

— Je sais que je suis censée être aux commandes, mais si tu me le rappelles encore une fois, je vais devoir te frapper. Rien de personnel.

Il éclata de rire et le bruit résonna autour d'eux.

— *Allora.* On va trouver un endroit où nous poser pour la nuit.

Il regarda autour d'eux, réfléchissant, puis hocha la tête et redémarra la moto.

— Tu peux attendre encore cinq minutes ?

Elle opina et ils repartirent, roulant à toute allure sur les bosses et les trous du chemin de terre. Enfin, il coupa sous l'un des aqueducs et s'arrêta devant une petite maison au bout d'un champ.

— Voilà.

Ils descendirent de la moto et la cachèrent hors de vue.

Lena regarda les alentours en se demandant si les maisons voisines étaient inoccupées ou seulement silencieuses. Minuit approchait et en dehors d'une voiture solitaire qui passait au loin, il n'y avait aucun mouvement près d'eux.

— Ce n'est rien de remarquable, avertit Sergio en prenant un passe-partout posé au-dessus de l'encadrement de la porte.

Elle pouffa de rire.

— Tant qu'il y a quatre murs et un toit, ça me va.

En silence, Sergio ouvrit le verrou. Après un dernier regard rapide à l'extérieur, il la pressa à entrer puis à monter un escalier.

— J'ai préparé ce lieu pour les urgences. En général, je reste dans une maison que mes employeurs me laissent, mais au cas où...

Lena frissonna. Toujours ces Gardiens. Existait-il encore une personne en qui Sergio et elle pouvaient faire confiance ?

Vous pouvez vous faire confiance mutuellement, répondit sa petite voix.

Elle laissa un soupir lui échapper. Dieu merci.

Le passe-partout déverrouillait également la porte du haut et Sergio l'ouvrit avec un crissement. Plutôt que d'appuyer sur l'interrupteur à l'ancienne, il se dirigea vers la table, craqua une allumette et alluma une bougie.

— Ça te va ?

La bougie projeta des ombres mouvantes sur les murs nus. C'était un studio, sous les toits. Une seule pièce servait de salle de vie et de chambre, et il y avait une kitchenette ainsi qu'une salle d'eau dans un coin. Les quelques meubles, soit un lit et une table, étaient couverts de draps. Clairement, il ne devait pas venir souvent. C'était bon signe... du moins elle l'espérait.

La seule chose un tant soit peu esthétique des lieux était les épaisses bougies plantées dans des bouteilles de vin de quelques décennies, couvertes de longues coulées de cire. Trois grandes fenêtres aux volets fermés donnaient sur les aqueducs et une autre plus petite au niveau de la kitchenette laissait entrer un rayon de lune.

Sergio tira les rideaux puis écrivit un message sur son téléphone.

— Qui contactes-tu ? demanda-t-elle en se tordant nerveusement les mains.

— Marco. Un homme à qui je pourrais confier ma vie… et la tienne.

Son cœur battait plus vite. Voulait-il dire qu'il estimait que la vie de Lena avait plus de valeur que la sienne ?

Sergio envoya son message, puis souffla et observa autour de lui.

— Tu as soif ?

Elle hocha la tête et le regarda ouvrir le robinet grinçant. C'était l'une de ces antiques installations en forme de X, aussi vieille que l'interrupteur. Mais l'eau qu'elle but un instant plus tard était propre et fraîche. Sergio, de son côté, jura contre une toile d'araignée dans un coin, mais Lena s'en fichait.

— J'ai un loup mafieux à mes trousses et un animal essaie de prendre le contrôle de mon corps. Ce n'est pas une petite araignée qui va me perturber.

Elle serra les bras autour de son corps et déglutit péniblement.

— Mais la journée a été atroce. Enfin, il y a eu du bon.

Sergio avait posé la bougie et retirait les draps de la table à manger et du lit double. À cette remarque, il pencha la tête. Ne voyait-il vraiment pas de quoi elle parlait ?

— Le baiser, souffla-t-elle timidement.

Un petit sourire se dessina au coin des lèvres de Sergio et son regard scintilla. Il roula les draps en boule et les jeta sur une chaise avant de se rapprocher.

— On pourrait le refaire, tu sais. Enfin, si tu crois que ça peut t'aider, se hâta-t-il d'ajouter.

Il avait la voix rauque et basse. Était-ce son loup qui l'encourageait ?

Oh, ça aiderait beaucoup, ronronna la voix intérieure de Lena, douce et sensuelle.

— Ça vaut le coup d'essayer, murmura-t-elle en tentant de rester désinvolte.

Quand Sergio se rapprocha, elle ouvrit les bras, l'accueillant.

— Ça vaut vraiment le coup d'essayer, chuchota Sergio en se postant devant elle.

Lena se dressa sur la pointe des pieds. Elle ferma les yeux à la toute dernière seconde, mais cela ne l'empêcha pas de trouver ses lèvres. Dès l'instant où ils se lièrent, des picotements envahirent son corps et son sang se réchauffa. Sa bête intérieure s'agitait à nouveau. Et pas que ça, elle emplissait son esprit de tonnes de pensées obscènes.

C'est moi qui contrôle, insista-t-elle.

Oui, bien sûr, s'amusa la bête. *Mais continue de l'embrasser, d'accord ?*

Les lèvres de Sergio étaient lisses et douces, surprenant pour un homme aussi rude et robuste. Elles ondulaient sur les siennes et elle pouvait jurer entendre son âme soupirer comme la sienne le faisait. *Enfin, je trouve un peu de paix.*

Elle déglutit. Sa mère lui aurait répété qu'il était une Grosse Erreur, mais elle avait plutôt la sensation de saisir la chance de sa vie.

Compagnon, gronda la bête.

Qu'est-ce que cela signifiait, exactement ?

Rapidement, elle cessa de s'en préoccuper. Elle cessa même de penser, se concentrant plutôt sur la complexité de ce baiser. Comme trouver l'angle parfait ou suivre les petits mouvements des lèvres de Sergio. Quand il passa les bras autour de ses épaules, elle se sentit aimée, protégée. En sécurité.

Quand ils se séparèrent pour respirer, elle sourit.

— Il y aura donc eu du bon... deux fois.

Sergio sourit et l'embrassa à nouveau.

— Trois.

Puis, plus sérieux, il se pencha lentement pour l'embrasser encore.

— Quatre...

Il inclina un peu plus la tête et chuchota :

— Cinq...

Lena ferma les yeux pour le six et le sept. À huit, ses lèvres étaient collées aux siennes et ses mains descendaient jusqu'aux fesses parfaites de Sergio.

Il marmonna un dernier neuf, et après ça...

Après ça, Lena perdit le compte. Elle se contenta de savourer chaque instant.

Chapitre 8

— Par ici.

Lena tira Sergio en direction du lit. Plus ils s'embrassaient, plus elle sentait son corps la brûler.

— On ne devrait pas.

Il protestait d'une voix enrouée, comme si son loup tentait d'étouffer les mots. Apparemment, elle n'était pas la seule à lutter contre son animal intérieur.

Mais, bon sang. Si céder à son désir sauvage pouvait l'apaiser, cela lui convenait parfaitement.

— On devrait vraiment, répondit-elle en avançant d'un autre pas vers le lit. Crois-moi.

La pièce était sombre, cependant le regard de Sergio luisait de façon si intense que l'espace entre eux paraissait briller également.

— Je te crois, souffla-t-il.

Le cœur de Lena tambourinait dans sa poitrine, parce qu'il lui semblait que c'était son rôle à elle de lui faire confiance. Sergio était celui qui savait tout des métamorphoses, du monde surnaturel caché de Rome, et de toutes les nouvelles choses effrayantes qu'elle affrontait ces derniers jours. Mais bon sang. Peut-être qu'il affrontait lui aussi de nouvelles choses. Comme remettre en question les ordres qu'on lui donnait ou résoudre des mystères. Ouvrir son cœur. Peut-être même croire au destin pour la première fois.

Alors elle prit son visage en coupe et l'attira dans un nouveau baiser qui le fit écarquiller les yeux. À elle aussi, d'ailleurs. Ouah. D'où cela lui venait-il ?

Aucune idée, dit sa bête intérieure de façon un peu trop innocente.

Elle batailla avec les boutons de sa chemise pour les défaire l'un après l'autre, néanmoins cette foutue cravate se mettait sans arrêt au milieu.

— Pourquoi tu es toujours aussi bien habillé ? marmonna-t-elle entre deux baisers.

Il desserra sa cravate et la retira aussitôt.

— Je commence à me poser la question.

Ce que cela voulait dire, elle le demanderait plus tard. Pour le moment, une chose était sûre : Sergio était un pro quand il s'agissait de retirer des couches de vêtements. Il poussa sa chemise d'un côté et la sienne de l'autre. Puis il défit son soutien-gorge et passa les mains devant pour prendre ses seins.

Pendant un instant saisissant, il la regarda dans les yeux. Oui, ses yeux plutôt que la chair qu'il caressait, ce qui prouvait que l'acte en lui-même était secondaire pour lui. Il remonta les pouces sur sa peau et elle ravala un gémissement.

Elle avait désespérément envie de se coucher sur le lit et le laisser faire. Mais ils galèreraient bien à retirer le pantalon de Sergio une fois qu'ils y seraient, alors elle commença par défaire sa ceinture. Lentement, elle laissa ses mains glisser sur ses hanches puis revenir se poser sur la bosse devant lui.

Elle faillit gémir à ce contact.

Sergio tangua sur ses talons et ferma les yeux. Elle frotta plusieurs fois, le sentant gonfler. Puis, elle fit descendre le pantalon et le boxer avant que ce pauvre homme n'ait plus la moindre place.

— Chaussures, le pressa-t-elle.

Il les retira du bout des pieds et les lança comme ses autres affaires et resta là, droit comme une statue sous la lumière dansante de la bougie. Une de ces statues finement ciselées et recouvertes de muscles que les Romains adoraient sculpter en copiant les Grecs avant de prétendre que c'était une œuvre originale.

Enfin, elle ferait la même chose avec lui.

Lentement, elle ferma le poing autour de son membre et le caressa. Puis elle joua avec le gland soyeux, s'émerveillant du contraste avec la dureté de sa hampe. Elle songea même à s'asseoir au bord du lit pour le prendre dans sa bouche, toutefois Sergio secoua la tête. Avait-il lu dans ses pensées ?

— J'adorerais, mais... plus tard. Pour le moment...

Il l'aida à quitter son corsaire et passa délicatement les mains sur l'intégralité de ses fesses et de ses cuisses durant le déshabillage. Sa culotte descendit avec le pantacourt et il eut le souffle coupé quand il la vit devant lui entièrement nue.

— Rien d'extraordinaire, murmura-t-elle, parfaitement consciente de ses imperfections.

— Magnifique, répondit-il avant de l'embrasser à nouveau.

Les minutes suivantes filèrent à toute allure tandis qu'il passait les lèvres sur son cou jusqu'à sa poitrine. Quand elles arrivèrent sur un téton, elle hoqueta.

— Encore, chuchota-t-elle en se couchant sur le lit. S'il te plaît...

Oui, grogna sa bête intérieure. *Encore...*

Sergio se plaça sur elle exactement comme elle l'avait imaginé. Avec aisance, expertise, et presque de l'élégance dans son mouvement. La seule pression qu'elle ressentait était aux endroits où elle en avait le plus besoin. Des endroits doux, sensibles, qui suppliaient Sergio de les toucher de ses caresses magiques.

— Oh, souffla-t-elle, parce qu'il ne se contenta pas de la toucher.

Il l'embrassa, la chatouilla. Passa son menton rugueux contre elle et murmura avec bonheur. Ses lèvres se firent magiques sur son sein gauche, puis sur le droit. Ensuite, il laissa ses doigts glisser le long de son ventre et...

Lena rejeta la tête en arrière et se cambra contre lui. D'abord contre sa main large et ferme, puis contre ses doigts qui traçaient des cercles autour d'elle avant de...

Il plongea plus loin et elle gémit en se cambrant encore plus.

Il leva les yeux, le regard brillant, le visage sérieux, comme si c'était une question de vie ou de mort et qu'il ne pouvait pas la laisser tomber.

Elle passa une jambe autour de la sienne et l'attira plus près. Sa bête intérieure n'avait peut-être pas réussi à se métamorphoser, mais elle avait désormais bien pris le contrôle.

— On devrait faire attention, souffla-t-elle.

Il pencha la tête.

— Si tu continues comme ça, tous les bons côtés de ma journée vont chasser à jamais les mauvais.

Il remonta sur son corps et lui embrassa les lèvres.

— Ce n'est pas censé être obligatoire ?

Elle posa la main sous son menton.

— Oui, en effet, mais j'ai pensé que tu aurais besoin d'un rappel.

Pendant un moment, il battit des paupières et elle se demanda si elle avait touché une corde sensible. Mais il opina alors du chef avec sérieux.

— J'aurais peut-être besoin d'aide pour cela.

Oh, il allait en avoir. Dès ce soir.

Elle l'attira à elle, un doigt sous son menton. Elle l'embrassa d'abord doucement et lentement, que l'idée ait le temps de mûrir. Mais rapidement, le baiser se fit aussi profond et à couper le souffle que le reste. En même temps qu'ils s'embrassaient, elle le caressait en rythme avec les mouvements de sa langue. Puis elle passa les jambes autour de sa taille, l'encourageant à aller plus loin encore.

Sergio ne prononça aucun mot et ne fit absolument aucun bruit. Il se mit simplement en position et remonta ses jambes le long de ses flancs. Il l'observa ensuite d'un regard chargé de besoin et de désir.

— Viens à moi, murmura-t-elle.

Et d'un mouvement de hanches, il glissa en elle, le visage contracté par l'effort pour se retenir. Un instant plus tard, il se retira lentement. Quand il plongea une seconde fois, elle cria.

Elle était à un pas du paradis, flottant au cœur de nuages duveteux et blancs. Son corps lui faisait mal, tant il en voulait plus. Un appel auquel Sergio répondit jusqu'à les laisser couverts de transpiration, haletant et bougeant dans une harmonie parfaite.

— Oui… souffla-t-elle en se mouvant en rythme avec lui.

Quand elle contracta ses muscles, Sergio siffla et haleta contre son oreille.

— Fais ça encore. Fais ça chaque fois.

Avec joie, aurait-elle répondu si elle avait pu prononcer un seul mot cohérent. Mais elle poussait plutôt des gémissements de femme des cavernes. Ou de métamorphe, peut-être ?

Pendant quelques minutes excitantes, ils s'entraînèrent l'un l'autre vers toujours plus de plaisir. Sergio lui remonta alors encore les genoux et les grognements de Lena se firent plus fort. Il plongea les doigts dans les draps de part et d'autre de sa tête pendant qu'elle labourait son dos de ses ongles. De la sueur coulait sur son torse et elle n'aurait pas été surprise que les gouttes tombent sur elle. Il plongea ensuite plus profondément et grogna, se tendant entièrement alors qu'il jouissait.

Lena trembla et des images envahirent son esprit. Elle se voyait avec Sergio, tous deux nus et luisants de sueur dans une scène érotique vue du ciel. Puis une autre image, dans laquelle elle crachait de longs panaches de flammes passionnés avec sa bouche. Des flammes contrôlées, qui dansaient comme un feu d'artifice qui exposait son plaisir au monde entier. Les aqueducs devenaient flous en contrebas, tout comme les routes et les lampadaires, parce qu'elle était dans les airs. Volant et rugissant dans la nuit.

Cet homme est à moi, vociférait la dragonne. *Il est mon compagnon.*

Un loup sortit d'un piton rocheux en trottinant et hurla à son tour. *Cette femme est à moi. Ma magnifique compagne.*

Quand elle redescendit vers la terre, le loup sauta haut et, pendant une seconde, leurs corps s'effleurèrent. Un petit jeu sauvage et exaltant qu'ils répétèrent, encore et encore.

Puis elle fut pieds nus et courait dans l'herbe, à nouveau humaine. Elle tendit la main vers son amant, également debout sur ses deux jambes. Pas longtemps cependant, car ils se laissèrent doucement tomber au sol pour faire l'amour sous les étoiles. Du sexe lent, sensuel, qui se termina par une morsure qui les fit jouir, étourdis de plaisir.

Ce que tout cela signifiait, elle l'ignorait totalement. Mais il n'y avait aucun nuage menaçant dans ces visions, aucun mal qui rampait non loin. Seulement ce glorieux bonheur qu'elle n'avait jamais expérimenté auparavant.

Être à moitié métamorphe n'était peut-être pas si mal, après tout.

Puis un regain de désir la saisit et elle gémit, s'accrochant avec force à Sergio.

— Encore...

Eh bien, elle se montrait autoritaire. Et il lui faisait tant de bien.

Pendant un moment, elle vola haut comme un cerf-volant. Elle soupira ensuite et redescendit lentement sur terre. Quand elle ouvrit enfin les yeux, elle était confortablement installée dans un monde de muscles saillants et de veines pulsantes. Sergio haletait contre les draps près d'elle puis roula sur le côté.

« Waouh » ne pourrait *jamais* résumer la moitié de ce qu'elle ressentait à cet instant précis, pas plus qu'« incroyable ». Un seul mot convenait, et Sergio et elle le prononcèrent en même temps.

— Le destin...

Sergio opina lentement puis, seul moment gênant de la soirée, il se nettoya maladroitement avec un coin du drap. Après quoi, ils restèrent en cuillère, s'émerveillant en silence de ce qu'ils venaient de vivre. Les bougies dansaient et l'odeur de la cire fondue se mêlait au parfum du sexe qu'ils avaient partagé.

— Regarde, murmura Lena en tendant la main.

Sergio lui embrassa l'épaule.

— Je n'ai pas besoin de regarder pour savoir combien tu es belle.

Elle sourit si fort que ses joues lui firent mal.

— Je parle du diamant. Il brille.

Ils regardèrent tous les deux la lumière blanche et chaude qui pulsait depuis une pile de vêtements abandonnés.

— Je ne comprends pas, murmura-t-elle. Parfois on dirait un faux bijou, et parfois il a l'air radioactif. Là, il a presque l'air... heureux.

Sergio passa la main le long de ses flancs, réfléchissant avant de parler, comme toujours.

— Je ne sais pas grand-chose sur le trésor du dragon, mais je sais que certains objets enchantés ont une volonté propre.

Son souffle se coupa. Encore cette histoire. Des sorts, de la magie.

— De la magie de métamorphe ? demanda-t-elle.

— De sorcière, des générations passées. Mais les sorcières les plus puissantes sont mortes depuis des siècles.

Des sorcières, des métamorphes, des vampires, même. Si elle n'avait pas été fermement enveloppée dans ses bras, elle aurait pu paniquer à cette pensée.

Sergio caressa doucement sa main.

— Certaines espèces de métamorphes se sont également éteintes. Mais celles qui pouvaient se mêler aux humains sans se faire repérer ont survécu. Il y a des dizaines de loups à Rome. Les lions dirigent Londres...

— Des lions ? le coupa-t-elle brusquement.

Mais la voix calme de Sergio et son contact chaud l'aidèrent à rester tranquille.

— Il n'y en a pas beaucoup ici. Les ours et les aigles sont plus rares, mais les populations sont assez conséquentes.

— Et il y en a partout, sans que les humains ne le sachent ?

— Certains métamorphes restent plus reclus, mais oui. La plupart vivent parmi les humains en prenant soin de ne pas se faire repérer. Nous avons été pourchassés à une époque. Prends les licornes, par exemple.

Des licornes ? Voilà des métamorphes qu'elle adorerait rencontrer. Elle imaginait des tapisseries médiévales couvertes de licornes et autres créatures saugrenues. Puis elle comprit alors. Toutes ces histoires de Saint George...

— Et les dragons ?

— Ceux qui se montraient ouvertement étaient pourchassés. Les autres étaient plus sages. La plupart des dragons, comme la plupart des loups et des autres métamorphes, ne voulaient aucun mal aux humains. Ils souhaitaient seulement vivre et laisser les autres vivre leur vie. La plupart des croyances des humains sur les métamorphes remontent à la période médiévale, et elles sont en grande partie fausses.

Elle y réfléchit un moment avant de revenir au diamant.

— Et le trésor ?

Il lui caressa le bras.

— Cette partie est vraie. Certaines familles de nobles drag-ons ont assimilé de grands trésors au fil des générations. Mais d'autres, comme mon ami Tristan, n'ont rien. Comme les humains, en réalité.

Sauf que les humains ne se lèguent pas des diamants ensorcelés, faillit-elle répliquer.

Elle étudia la lueur du bijou pendant une minute. Elle l'étudia *réellement,* se laissant aller à la vague sensation qui émanait de toute chose si elle se concentrait suffisamment.

— Je pourrais jurer qu'il est heureux. Comme s'il approuvait de nous voir ensemble. Est-ce que j'imagine des choses ?

Sergio y réfléchit un long moment.

— Je ne sais pas. Les loups n'ont jamais eu la fascination des dragons pour les trésors.

Un sourire étira le coin de ses lèvres.

— Je sais que moi, je suis heureux que l'on soit ensemble.

Elle fondit presque dans ses bras.

— Moi aussi.

Pendant si longtemps, elle avait suivi les avertissements de sa mère et était restée loin de l'amour, craignant de faire sa propre Grosse Erreur. Mais peut-être que c'était là la pire erreur qu'une femme pouvait faire : éviter l'amour. Fermer son cœur. Laisser la meilleure chose qui lui soit jamais arrivée lui échapper.

Elle tint la main de Sergio contre sa joue, s'imprégnant de sa chaleur.

— *Tesero mio,* murmura-t-il en la serrant contre lui, comme si elle était son trésor personnel.

Une autre minute passa avant qu'il soupire et reprenne la parole :

— Une chose. Ce diamant pourrait être la raison pour laquelle tu ressens de telles pulsions pour te métamorphoser. Ça, plus le fait que tu es à Rome.

Il fit un geste vers l'extérieur.

— Enfin, à côté, en tout cas.

Elle fronça les sourcils.

— Quel est le lien avec tout ça ?

— Tes racines de métamorphe t'appellent.

Elle serra sa main contre son ventre alors qu'ils restaient là, toujours en cuillère. Était-ce possible ?

— On devrait essayer d'en apprendre plus sur ton père, déclara Sergio en caressant sa peau nue.

Elle se tendit aussitôt. Enfant, son père avait toujours été un sujet tabou, même si elle avait inventé toute une histoire noble sur les circonstances extrêmes qui l'auraient forcé à les envoyer loin de lui. Désormais, un tout nouveau monde de métamorphes lui était exposé et elle en avait le tournis chaque fois qu'elle y pensait.

— Peut-être qu'il était un renégat... murmura Sergio, pensif.

Lena fronça les sourcils, détestant cette idée.

— D'après ta mère, il avait de l'argent, n'est-ce pas ?

Elle se renfrogna.

— Vicente en a lui aussi.

Seigneur, elle détesterait découvrir que son père était ce genre de personne. Mais sa mère ne serait jamais tombée amoureuse d'un homme comme lui, elle ne pouvait y croire.

Finalement, elle embrassa le dos de sa main.

— On pourra en parler plus tard. J'aimerais dormir avec ces bonnes choses en tête, d'accord ?

Il sourit et glissa un doigt le long de sa joue. Puis son regard pétilla et il le laissa naviguer entre ses seins... jusqu'à son ventre... en haut de ses jambes...

— Encore un peu de bonnes choses ? Je ferai de mon mieux.

Elle hocha la tête, à nouveau à bout de souffle. *Je le sais bien.*

Rapidement, elle roucoula, gémit et poussa des cris d'extase. Elle l'entoura de ses membres et supplia pour qu'il lui en donne plus. Puis il la fit se tourner doucement...

— Levrette ?

Sergio se figea.

— Si tu ne veux pas...

Elle pouffa de rire et s'appuya sur ses coudes en agitant ses fesses en l'air.

— Oh, j'en ai envie. Mais je mentirais si je disais que j'étais aux contrôles de mon animal intérieur, là. Juste pour que tu le saches.

Sergio rit, puis se pencha sur son dos et murmura à son oreille :

— Je mentirais moi aussi.

— Juste une chose. Ne dis jamais à un loup que tu appelles cette position « levrette ».

Elle éclata de rire.

— Montre-moi la différence entre un loup et un lapin, alors.

Il passa les mains le long de son corps, la faisant brûler de désir. Un indice sur combien Sergio pourrait rendre cette position agréable. À en hurler... et ce serait elle qui hurlerait, elle n'en doutait pas.

Oui, s'il te plaît, chantonna sa bête intérieure.

— Je vais te montrer, mon amour, chuchota-t-il en la caressant une dernière fois avant de se glisser en elle, chaud et dur.

Oh, oui, grogna son animal. *Montre-moi.*

Chapitre 9

Sergio connaissait bien les nuits courtes, notamment à cause de l'armée. Des moments où il ne parvenait à grappiller qu'une heure ou deux de sommeil, et où chaque minute qui passait était un supplice. Mais les deux heures où il dormit cette nuit-là furent paisibles. Épanouissantes. Paradisiaques, même.

Il s'étira lentement, surpris de voir que son corps rayonnait de satisfaction et ne tremblait pas comme cela arrivait habituellement. Puis il enlaça Lena, juste pour se prouver qu'elle était vraiment là. Enfin, il se glissa hors du lit en prenant soin de ne pas la réveiller et se dirigea à pas feutrés vers la kitchenette, où il ouvrit un rideau et scruta les alentours.

Le monde était toujours plongé dans le sommeil, cependant quelque chose de mauvais approchait. Il pouvait le sentir.

Vicente, grogna son loup.

Il regarda en direction de Lena et laissa échapper un long soupir. Avait-il eu raison de s'arrêter ici pour la nuit ? Oui, décida-t-il finalement. Que ce soit son appartement en ville, ou bien l'endroit où vivait Lena, Vicente les aurait retrouvés bien trop facilement. Même si chercher refuge chez les Gardiens avait également été une option, cela pouvait parfois s'avérer contre-productif, comme il l'avait remarqué avec ceux de Londres.

Pourtant, il ne pouvait rien laisser au hasard, alors il regarda son téléphone. Un instant plus tard, il jura et le reposa. La batterie était vide et il n'avait aucun moyen pour recharger ce truc ici.

Il ferma les yeux et tendit ses pensées vers Marco, en vain. Son ami était à des kilomètres de là. Seules les âmes sœurs et les personnes liées par le sang avaient une chance d'établir une connexion mentale à cette distance.

Il entendit un bruit de draps froissés et ouvrit les yeux. Lena regardait autour d'elle d'un œil endormi en clignant des paupières. Quand elle le repéra et sourit, c'était comme si le soleil venait de se lever à l'horizon et baignait son âme lasse d'une lumière brillante. Bien sûr, le soleil se lèverait dans quelques heures, mais il aurait pu s'y méprendre.

— Salut, murmura Lena en se rapprochant de lui.

La lumière de la lune tachetait son corps et il ne put s'empêcher d'admirer ses courbes. À l'extérieur, les cigales chantaient un air joyeux qui résonnait en lui. C'était comme si un ange était apparu dans le ciel, en mieux, car Lena était faite de chair et de sang.

Et elle n'est assurément pas une vision, entonna son loup alors qu'elle l'embrassait doucement.

Elle était toujours nue et trop endormie pour être intimidée par son corps. Encore un avantage.

— Ça va ? murmura-t-elle en passant une main sur son torse.

Le contact de sa paume contre lui fit chanter son âme. Comment avait-il survécu toutes ses années sans ce toucher qui guérissait tous les maux ?

Son loup renâcla. *Facile, on a arrêté de ressentir. On a arrêté de vivre, même.*

Aujourd'hui, il se sentait plus vivant que jamais.

Il l'embrassa une seconde fois. Allait-il bien ?

— Maintenant, oui.

Il fit ensuite un signe vers le rideau. Voulait-elle qu'il bloque la lumière ?

Elle secoua la tête.

— Je me sens très humaine, pour le moment. Délicieusement humaine, pourrais-je dire.

Elle se colla contre lui et ensemble, ils regardèrent le paysage plongé dans le noir. Les herbes hautes ondulaient et Sergio imagina un couple de loups qui y courait joyeusement sans se préoccuper du monde extérieur. Lena et lui pourraient le faire s'il n'y avait pas eu Vicente, les Gardiens et les Lombardi.

Il soupira. Non seulement c'était hautement improbable, mais c'était même impossible. Lena était une dragonne. Il était un loup. Comment cela pourrait-il fonctionner ?

Il chassa alors cette pensée de son esprit. Il n'allait pas gaspiller une si belle nuit en pleurant sur Lena. Qu'il puisse l'avoir dans ses bras devrait déjà le faire crier de joie.

Il frotta son menton sur son épaule, savourant le tout. Elle, le paysage, les étoiles. Ce rare sentiment d'être en paix.

— Pourquoi est-ce que je me vois en train de te mordre ? demanda-t-elle d'une voix si basse que Sergio crut un instant l'avoir imaginée.

Il déglutit. Était-elle prête à entendre la vérité ?

— Les métamorphes ne se marient pas. Ils s'unissent pour la vie à leur compagnon avec ce qu'on appelle une morsure d'union.

Il aurait pu enfoncer son visage dans ses mains tellement ses paroles sortaient de façon maladroite et dure. Pauvre Lena. Qu'allait-elle penser ?

Les lèvres de la jeune femme frémirent légèrement, et quand elle leva un doigt, celui-ci tremblait. Malgré tout, elle le déposa sur sa gorge et pressa.

— Une morsure d'union. Genre... juste... ici ?

Il la regarda. Comment le savait-elle ?

Elle déglutit et prit une profonde inspiration.

— Je n'arrête pas d'avoir cette pulsion, mais j'ignore pourquoi.

— C'est l'instinct, murmura-t-il. Je la ressens aussi.

Elle posa son regard vert sur lui, profond et orageux. Brillant, tout comme ses yeux, s'il en croyait la chaleur qui en émanait.

— Compagnon, hein ?

Il acquiesça, espérant qu'elle ne fuirait pas en courant.

Lena se mordit les lèvres.

— C'est étrange, j'ai le sentiment que je savais déjà tout ce que tu me racontes. Alors que je l'ignorais jusqu'ici.

— C'est instinctif, ça vient de ton côté métamorphe.

Il passa un bras autour de ses épaules en espérant qu'elle ne déteste pas entendre ces choses-là.

Elle prit une profonde inspiration.

— Je dois en découvrir plus à ce sujet.

Il acquiesça, confirmant ses paroles.

— Tu as parlé des Gardiens... qui sont-ils, exactement ? demanda-t-elle.

Il serra un instant les dents.

— Des métamorphes appartenant aux clans qui dirigent Rome. Ensemble, ils protègent la ville. Le leader est une louve, Ariana. Tu l'aimerais beaucoup.

Il sourit avant de redevenir sérieux.

— Il y a aussi un dragon, ainsi qu'un métamorphe ours, un aigle et un autre loup, Remo. Qui me déteste, d'ailleurs.

Lena fronça les sourcils.

— Pourquoi quelqu'un te détesterait ?

La foi qu'elle lui portait le réjouissait. Il inspira profondément. Il était temps de révéler son passé.

— Remo vient d'une longue lignée de loups des plus honorables. Je viens d'une longue lignée de criminels.

Il ne contrôla ensuite plus les battements de son cœur : celui-ci s'accéléra devant le regard de Lena. Elle le regardait vraiment, avec ses grands yeux verts et profonds qui semblaient sonder son âme. Un endroit où il gardait un sacré paquet de secrets... Il se força à la laisser entrer. Il le devait s'il espérait avoir une chance de conquérir sa compagne.

La sueur perla sur son front et chacun de ses muscles se tendit alors que l'expression de Lena changeait. D'abord, elle sembla prendre peur. Puis être furieuse, mais pas contre lui. Ensuite, il vit la douleur, sans qu'il comprenne pourquoi.

— Parle-moi d'eux, murmura-t-elle finalement.

Sa gorge était sèche, néanmoins il fit de son mieux.

— Mon grand-père dirigeait la mafia métamorphe de Rome.

Il déglutit, mais Lena ne cilla même pas.

— Quand il est mort, mon père et mon oncle, deux frères jumeaux, ont pris la relève.

Lena hocha lentement la tête.

— Et ta mère ?

La chaleur et la douleur chassèrent un peu d'amertume dans son esprit.

— Elle avait dix ans de moins que mon père, bien trop jeune pour comprendre tous les tenants et aboutissants de l'affaire familiale quand ils se sont rencontrés. Lorsqu'elle l'a découvert, c'était déjà bien trop tard. Et puis, mon père est mort...

Il décida de garder les détails pour une autre fois.

— J'avais sept ans, et ma mère m'a conduit à l'abri dans la campagne pour me protéger de la famille. Elle disait qu'elle se sentait libre pour la première fois depuis des années, même s'il ne nous restait plus rien.

Sergio lança un regard vers les vêtements sur mesure qu'il avait quittés plus tôt dans la soirée. C'était un luxe auquel il n'aurait jamais rêvé à cette époque. Maintenant, il avait ces habits, une belle montre, et conduisait même une voiture de luxe, une Maserati qui ne lui servait pas vraiment dans les rues étroites de Rome. Mais plus il voyait Vicente exhiber sa richesse, et plus il se demandait pourquoi cela lui importait autant.

Lena caressait doucement son bras tandis qu'il continuait.

— Pendant un temps, ma famille nous a laissés tranquilles. Mais quand j'ai eu seize ans, la compagne de mon oncle est morte et il a commencé à venir, à apporter des cadeaux à ma mère, à me dire qu'il voulait que je rejoigne les affaires...

Sa voix devenait désormais plus sèche, et des images terribles dansaient dans son esprit.

— Ce qu'il voulait vraiment, c'était ma mère. Et personne ne disait non à un homme comme lui. Mais on l'a appelé sur une affaire, et...

Il fit un signe dans le vide.

— Ma mère a réussi à l'éviter pendant des années, en déménageant, en inventant des excuses, en l'encourageant à rencontrer d'autres femmes...

Il fronça les sourcils. Un loup lié, même veuf, ne s'éloignait jamais de la femme qu'il aimait. Jamais, à moins qu'il n'ait aucun scrupule, comme c'était le cas de son oncle, Salvatore.

Bien entendu, cela avait joué en faveur de sa mère, en tout cas pour un temps.

— J'ai fait des petits boulots pour la famille, en restant aussi loin des sales coups que possible et en cherchant constamment un moyen pour m'en sortir. Mais une famille comme ça... il n'y a pas d'issue en dehors de la mort, la sienne ou celle d'un autre.

Lena déglutit, sans pour autant arrêter ses caresses, comme pour l'encourager à lui en dire plus.

— Finalement, mon oncle m'a fait venir en m'expliquant qu'il était temps que je passe au niveau supérieur. Il a aussi ordonné à ma mère d'arrêter de l'éviter.

Sergio grimaça. Lena avait-elle besoin de connaître la suite en détail ? Il décida que non.

— Nous nous sommes disputés et battus. Je l'ai tué.

Il déglutit, non pas à cause des regrets, mais parce qu'il avait peur de ce que Lena pourrait penser de lui.

— Je n'avais pas le choix. Et je croyais que ça s'arrêterait là. Mais la tradition exige que le gagnant devienne le nouveau chef, et je ne voulais rien avoir affaire avec ça. Alors je suis parti.

— Pour la Légion étrangère, conclut-elle d'une voix aussi faible qu'un murmure.

Il opina du chef, retenant son souffle.

— Et ta mère ? demanda-t-elle après un instant de silence.

Son cœur se gonfla. Typique de Lena : elle voulait voir le tableau dans son intégralité, et elle se préoccupait des innocents qui se retrouvaient dans une situation hors de leur contrôle.

— Tout le monde l'a laissée tranquille après ça. Elle s'est installée dans la Calabre et y vit toujours.

Ses menaces de démembrer quiconque oserait venir l'ennuyer avaient assuré sa sécurité, toutefois il partagerait les détails avec Lena une autre fois.

Celle-ci souffla, comme si la vie de sa propre mère avait été en jeu.

— Dieu merci. Et le reste de la famille ?

— Sans véritable leader, des bagarres ont éclaté. Cela a donné l'occasion aux Gardiens d'intervenir et au bout d'un moment, toute l'entreprise s'est effondrée.

Comme à son habitude, Sergio ne ressentait ni joie ni soulagement, seulement des regrets. Tant de combats, tant de vies perdues ou gâchées. Et tout ça pour quoi ?

« La liberté », aurait sans doute répondu sa mère. « L'opportunité de rentrer à la maison. »

Mais Rome était sa maison et en tant que Monserratti, il en avait été banni à vie... jusqu'à ce que se présente cette occasion en or.

Il fronça les sourcils et son loup intérieur grogna. *Vicente.*

Il détestait l'idée de devoir quoi que ce soit à ce salaud, notamment cette chance de pouvoir rentrer. Mais c'était le cas.

Il déglutit péniblement, se forçant à la regarder dans les yeux. Rien de tout cela n'avait d'importance pour le moment. Seule Lena comptait. La seule chose dont il avait véritablement besoin dans la vie.

— Donc maintenant... tu sais de quel genre de famille je viens. Des criminels.

Lena étudia un long moment son regard avant de prendre son visage entre ses mains. Quand elle parla, sa voix était basse, mais déterminée.

— Tu n'es pas ta famille. Tu es un homme d'honneur.

Le soulagement l'envahit comme une vague et il chancela, surpris par la brûlure peu habituelle dans ses yeux.

Un homme d'honneur. C'était tout ce qu'il avait toujours voulu être, cependant en tant que Monserratti, cela lui avait toujours semblé impossible.

Elle passa les bras autour de lui et pour la première fois de sa vie, il se laissa être enlacé plutôt que d'être celui qui prenait l'autre contre lui. Il ferma les yeux avec force, se demandant comment il pouvait être aussi chanceux.

Finalement, Lena s'écarta, mais ne lâcha pas sa main.

— Ta famille n'a pas plus d'importance que la mienne, souffla-t-elle. Pour le moment, la seule chose qui compte, c'est de savoir ce que nous allons faire ensuite.

Il acquiesça. Elle avait raison, il devait la protéger.

— Donc...

Elle tapota sur le comptoir de la cuisine en réfléchissant.

— Les Gardiens. S'ils protègent la ville, pourquoi ne leur fais-tu pas confiance ?

Parce que je n'ai confiance en personne, et personne n'a confiance en moi, aurait-il pu dire.

Lena nous fait confiance, murmura joyeusement son loup.

En effet, et cette idée le terrifiait. Une seule erreur, un seul faux pas, et elle connaîtrait un destin tragique.

— Les Gardiens ont en général de bonnes intentions, commença-t-il de façon hésitante.

— En général ? répéta Lena, sourcils dressés.

— Ils sont vieux et traditionalistes. Sans scrupule, parfois.

Lena pâlit.

— La fin justifie les moyens ?

— Pas tout à fait, répondit Sergio en fronçant les sourcils, mais ils réfléchissent sur un tout autre plan. C'est comme ça pour la plupart des officiers dont je recevais les ordres. Parfois, ils doivent sacrifier quelques agents de terrain pour le bien de tous.

Étrangement, cela ne l'avait jamais vraiment dérangé. C'était comme ça, un point c'est tout. Mais s'il imaginait Lena à la place des soldats qu'ils sacrifiaient...

Son loup gronda. *Jamais. Pas elle.*

— Donc, pas les Gardiens. En tout cas, pas tout de suite, conclut-elle.

Puis elle força un mince sourire.

— Mais nous pouvons compter l'un sur l'autre.

Il sentit sa joue s'étirer.

— Ça, oui.

Elle sourit encore plus, ce qui combla son âme. Ils restèrent ainsi devant la fenêtre, à regarder la nuit.

Le temps passait et Sergio se concentra plus sur Lena que sur le paysage. De plus en plus, à mesure que le temps défilait, parce que c'était tellement plus agréable que de penser à ceux qui leur voulaient du mal, aux incertitudes, aux doutes. Il ferma les yeux, savourant la manière dont leurs corps s'emboîtaient à la perfection. La manière dont sa poitrine montait et descendait à chacun de ses souffles. À la courbe délicate de ses hanches...

— Les métamorphes ont l'air d'être comme tout le monde, murmura-t-elle après quelques minutes. Le bon comme le mauvais.

Il enfouit son nez contre son épaule.

— On peut dire ça.

Elle leva les yeux vers lui et se rapprocha, laissant la chair douce de ses seins caresser son torse.

— Sauf que les métamorphes ont des âmes sœurs, et que tu es la mienne, chuchota-t-elle.

Il hocha la tête, le souffle coupé, terrifié à l'idée de la faire fuir.

Mais il ne pouvait pas se permettre de douter ainsi. Lena ne le savait peut-être pas, mais elle était une guerrière dans l'âme. Même quand elle avait peur, elle se redressait, téméraire.

— Donc, c'est mon côté métamorphe qui me donne tout cet instinct animal ?

Elle passa une main douce dans son dos, le taquinant jusqu'au coccyx avant de remonter.

Son loup agita la queue.

— Quel instinct ? bluffa-t-il.

— Oh, tu sais, commença-t-elle avant de baisser la voix et la main. Toutes ces choses obscènes. J'ai sans arrêt envie de te toucher.

Une vague de chaleur parcourut tout son corps.

— Me toucher ? Où ?

— À toute sorte d'endroits.

Elle posa les mains sur ses fesses avant de revenir devant ses hanches.

Il ne put que ravaler son envie de l'embrasser sauvagement quand elle attrapa son membre des deux mains.

— C'est drôle, comment l'instinct fonctionne, murmura-t-il.

Parler n'aurait pas dû lui demander un tel effort, mais c'était très difficile quand Lena caressait son membre ainsi. Son sang migra au sud, mais elle claqua simplement la langue.

— Le pire, c'est que j'ai envie de plus.

Eh bien, il lui donnait plus de chair à caresser, ça, c'était sûr.

— Les choses que je rêve de faire avec toi...

Elle secoua la tête, attristée.

Il savait parfaitement tout ce que lui voulait faire avec elle, bon sang. Le seul problème, c'était de savoir par quoi commencer, avec toutes les options qui s'offraient à eux et envahissaient ses pensées.

— On ne sait jamais, réussit-il à dire. Je pourrais penser la même chose.

Le regard de Lena pétilla avant de se baisser vers son membre.

— Eh bien, je suppose que je peux essayer, dans ce cas.

— Oui, je crois que tu peux.

Il n'était pas sûr de savoir à quoi s'attendre, mais il n'aurait jamais imaginé Lena tomber à genoux devant lui et ouvrir les lèvres. Quelques secondes plus tard, il était adossé au mur, les yeux fermés, la bouche entrouverte, poussant des grognements silencieux de plaisir.

Le cercle de ses lèvres était divin et la pression de sa langue le rendait fou. Ça, plus les petits gémissements qu'elle produisait. Il passa les doigts dans ses cheveux, se forçant à ne pas tirer trop fort. Il n'en avait de toute façon pas besoin, car elle se débrouillait très bien toute seule. Ses mains étaient occupées à le caresser exactement où il en avait le plus besoin.

Au bout d'un moment, elle le libéra avec un petit bruit et le regarda.

— J'avais raison ?

Son esprit se vida entièrement. C'était quoi la question, déjà ?

Elle prit ses fesses dans ses mains.

— On pensait à la même chose ?

— Maintenant, oui.

Les mots sortirent dans un grognement et il la guida à nouveau où elle était un instant plus tôt, succombant au pur plaisir pendant un moment. Le genre de plaisir qui lui vidait la tête et détendait ses articulations. Tellement, même, que ses genoux faillirent lâcher quand elle accéléra.

Mais Lena faisait tout le travail et il approchait dangereusement du point du non-retour. Il lui fallut toute la discipline qu'il possédait pour lui faire signe d'arrêter et l'aider à se relever.

— Ce n'était pas bon ?

— C'était trop bon, grogna-t-il avant de l'embrasser.

Son loup rugit de triomphe alors qu'il savourait son propre goût sur ses lèvres.

Il avait eu dans l'idée de faire durer les choses et la faire hurler de plaisir tandis qu'il vénérerait chaque partie de son corps. Le désir eut cependant raison de lui et il la plaqua contre le mur. De là, il la souleva jusqu'à ce qu'elle entoure ses hanches de ses jambes, et il se pencha pour la caler avec le poids de son corps.

— Il y a un lit absolument parfait là-bas... s'amusa Lena, la tête inclinée.

Il secoua la tête. Le lit ne suffirait pas. Pas pour le besoin sauvage et intense qu'elle avait réveillé en lui.

— Il y a un mur absolument parfait ici, répliqua-t-il en passant les doigts sur celui-ci. Ça te va ?

Un refus aurait pu le tuer sur l'instant, mais elle acquiesça presque aussitôt pour lui donner le feu vert. Il ne se contenta pas de s'élancer sur les starting-blocks, il s'approcha et lui dévora les lèvres dans un nouveau baiser. Une main lui suffisait pour la porter, pendant que l'autre voyageait rapidement sur son corps, s'assurant qu'elle était prête pour ce qu'il avait en tête. Il pinça son téton, puis descendit tracer des cercles autour de son clitoris, la faisant crier. Puis il la souleva un peu plus, pointa son sexe contre elle et s'arrêta en la regardant dans les yeux.

Prête ?

Prête, promit son regard brûlant.

Il ne lui fallut qu'un mouvement rapide pour se retrouver au paradis. Ils hoquetèrent en chœur et il resta un moment ainsi, à recouvrer son équilibre. Puis il donna un nouveau coup de hanches, la faisant hurler.

C'était du sexe brutal, avide, comme jamais il n'avait connu avant ce jour. Impétueux et possessif, qui le poussait à déposer son odeur partout sur elle. Chaque mouvement, chaque passage de ses dents, marquait Lena comme étant sienne.

Tout, sauf une morsure d'union, mais un jour...

Très bientôt, chantonna son loup, concentré sur cette zone spéciale sur son cou.

Lena s'accrochait avec force, et le corps de Sergio brûlait d'envie et de désir, un désir qui effaçait tous les problèmes du monde et les liait pour qu'ils ne fassent plus qu'un.

— Oui ! cria-t-elle, agrippée à lui.

Elle trembla et jouit avec force, malgré tout il ne la relâcha pas et continua à la pilonner à travers ce premier orgasme, jusqu'à lui en offrir un second. Puis il jouit à son tour, les lèvres retroussées dans un hurlement silencieux de triomphe. Elle était sa compagne, et personne ne se mettrait entre eux.

Jamais, grogna son loup.

Il n'aurait su dire ce qui était le plus satisfaisant : le doux soulagement de son corps, ou la sensation de Lena qui fondait dans ses bras. Ou peut-être sa manière de murmurer entre une série de profonds baisers humides, le marquant comme lui l'avait marquée ?

C'était incroyable. Une révélation. La preuve que la vie pouvait être bien mieux que tout ce qu'il avait pu imaginer tant qu'il était avec sa compagne.

Enfin, ils retombèrent tous les deux, haletants et soufflants.

— Tu... marmonna-t-elle. Tu...

Tu es incroyable, aurait-il conclu s'il avait été en mesure de parler. *Toi, Lena, pas moi.*

Elle sourit, lisant en lui comme dans un livre ouvert. Et pour la première fois depuis toujours, il baissa toutes ses défenses et la laissa lire tout ce qu'elle voulait découvrir. Cette vision similaire à des rayons laser plongea profondément dans son âme et il n'essaya pas de fuir ou de cacher ce qu'elle y trouvait. C'était un regard qui lui donnait presque envie de parler de choses qu'il n'avait jamais admises à quiconque, qui le suppliait de la laisser faire partie de sa vie, et lui de la sienne.

Ce qui était amusant, car c'était lui qui aurait dû supplier.

S'il te plaît, Lena. Laisse-moi faire partie de ta vie.

Il passa le doigt le long de sa joue, puis se pencha pour poser son front contre le sien.

— Incroyable, souffla-t-elle, lui donnant envie de se pavaner et rouler des mécaniques.

Elle soupira et lui toucha la gorge.

— Je ressens toujours le besoin de te mordre, cela dit.

Il éclata d'un rire qui résonna entre les murs.

— Je le veux aussi.

Lena soupira.

— Mais je suppose que deux adultes responsables devraient en rester là pour cette nuit et dormir.

— Juste pour cette nuit ? s'amusa-t-il.

Elle se recroquevilla contre lui.

— Si j'arrive à me retenir.

Il la serra contre lui. Peu importait combien il était tenté, il n'y aurait aucune morsure d'union avant que le bon moment ne se présente. Pour l'instant...

La gemme pulsa sous la pile de vêtements abandonnés et ils la regardèrent en même temps.

Veilleuse du feu, souffla son loup.

Lena dut le sentir sur le point de le prononcer à voix haute, parce qu'elle leva une main.

— *Zitti.*

Chut.

— Pas ce soir. On n'en parle pas.

Un petit sourire se forma sur ses lèvres.

— Conduis-moi au lit, mon loup.

Il sourit à son tour.

— Pour... dormir, ou autre chose ?

Elle fit mine d'y réfléchir sérieusement, mais son corps semblait déjà appeler le sien. Il pouvait le voir, le sentir, avec le contact chaud contre lui.

— Je crois qu'on verra bien, le taquina-t-elle.

Il la souleva et la conduisit au lit, où il l'installa tendrement avant de commencer à embrasser son ventre.

— Je crois qu'on verra bien, répéta-t-il tandis que le corps de Lena se cambrait sous le sien.

Chapitre 10

— Lena.

Sergio lui toucha doucement l'épaule, mais elle s'éloigna en marmonnant dans son sommeil.

Bon sang, comme elle était belle ! Si seulement il avait eu un tout petit peu de temps pour s'asseoir et s'émerveiller.

— Lena, tenta-t-il à nouveau.

Tout était sa faute, il l'avait maintenue éveillée la moitié de la nuit avec tout ce qu'ils avaient fait dans ce lit.

Et contre le mur, murmura son loup, rêveur. *Sous la douche...*

OK, peut-être que ce n'était pas uniquement sa faute à lui. Ses intentions sous la douche avaient été innocentes, et c'était elle qui avait fait monter la température.

Le destin, murmura le loup.

Quelqu'un grogna à la porte, là où Marco les attendait en le pressant.

— Le destin vous tuera tous les deux si vous ne vous dépêchez pas.

Sergio s'était tellement plongé dans ce monde de bonheur et de paix qu'il avait failli ne pas entendre les coups insistants à la porte, quand Marco était arrivé quelques minutes plus tôt. Puis il avait bondi hors du lit, prêt à se battre à mort pour protéger sa compagne. Une chance qu'il se soit agi de Marco, un ami, et non d'une menace.

Grâce au message qu'il avait envoyé plus tôt, ce dernier avait su où les trouver, cependant les nouvelles étaient glaçantes. Vicente et ses hommes étaient en chemin, ce qui signifiait que ce repère, normalement sûr, ne l'était peut-être plus tant que ça.

— Réveille-la vite ! aboya Marco.

C'était curieux. Le Marco qu'il connaissait avait appris à la Légion étrangère à ne jamais laisser quoi que ce soit l'ennuyer ou l'énerver, pas même le danger le plus mortel. Mais actuellement, il était grincheux comme jamais.

— Lena, ils arrivent, insista Sergio en lui secouant doucement l'épaule.

Ces mots durent parvenir à traverser le brouillard de son esprit, car elle leva la tête.

— Vicente ?

Il opina, sombre.

— Et ses hommes. On doit partir.

Elle roula pour s'asseoir, puis poussa un petit cri et s'accrocha aux draps.

— C'est juste Marco.

Sergio se plaça entre eux pour laisser à Lena un peu d'intimité.

— Comment ça, « juste » ? marmonna l'intéressé.

Elle se pencha pour le regarder avant de détourner ses yeux, le visage rouge. Sergio lui fit un clin d'œil. Marco était aussi nu, mais non, Sergio ne comptait pas l'inviter dans un plan à trois.

— Il garde un œil sur Vicente depuis que nous avons quitté le yacht, expliqua Sergio. Il est venu nous avertir.

Lena enroula le drap autour de son corps comme une toge et alla chercher ses vêtements.

De son côté, Sergio précipita son ami vers la porte en lui expliquant :

— Les choses ont un peu évolué.

— Sans rire, rétorqua Marco avec un regard désapprobateur vers Lena.

Elle rougit d'autant plus, et Sergio continua à pousser Marco.

— Je parle du diamant. C'est Lena qui le déclenchait, et non Amber.

— Il semblerait que Vicente ait lui aussi compris ça, l'avertit-il.

Sergio jura.

— Où est-il ?

— Il se rapproche à toute allure. J'ai volé aussi vite que je le pouvais.

— Volé ? lâcha Lena.

Sergio et Marco se retournèrent d'un coup. Ils avaient parlé dans leur baragouinage mêlant du français avec un peu d'anglais et d'italien, une habitude gardée de leur service à la Légion. Juste assez pour que Lena arrive à suivre, de toute évidence.

— Métamorphe dragon, expliqua Marco en se tapant le torse.

Elle écarquilla les yeux.

Sergio obligea son ami à quitter la pièce pendant qu'elle ramassait son pantalon et le remettait. Elle baissa ensuite les yeux et toucha la gemme dans sa poche, incertaine.

— Écoute, dit Marco en pointant un doigt contre le torse de Sergio. Tu dois garder la tête froide, elle n'en vaut pas la peine.

— Hé ! protesta Lena dans l'appartement.

— Rien de personnel, répondit-il avant de revenir à Sergio. L'amour est un mensonge. Une illusion.

— C'est quoi, ton problème ? marmonna Lena.

Sergio tira Marco à lui en grognant.

— L'amour, c'est l'espoir. C'est la lumière. L'amour, c'est tout.

Son ami le dévisagea, surpris. Lui-même était un peu déstabilisé. Depuis quand croyait-il en toutes ces choses ?

Depuis Lena, souffla son loup.

— Voilà qui est parlé comme un vrai loup, lança Marco en plissant les lèvres. Tu ne vois donc pas ? L'amour t'aveugle. Et quand tes espoirs partent en fumée, il ne te reste plus que des cendres. Des cendres, Sergio. C'est tout ce qu'il subsistera de ton cœur.

Sergio le dévisagea. La première règle de la Légion étrangère était de ne pas fourrer son nez dans le passé des gens, d'où est-ce que cela venait ?

— Bon sang, fit Lena en arrivant, à moitié habillée. Une femme te fait du mal et du coup l'amour devient un désastre pour tout le monde ?

Les yeux de Marco se mirent à luire jusqu'à ce que Sergio lui attrape les épaules pour l'avertir. Personne ne regardait sa compagne avec un regard aussi sombre.

— Attention à ton cœur, je t'aurai prévenu, grogna Marco avant de s'écarter.

— Trop tard, murmura-t-il.

Il ne choisit pas *volontairement* de passer les dix secondes suivantes à admirer sa compagne, toutefois quand le regard de Lena croisa le sien, la colère et le sentiment d'urgence se tarirent et une douce lumière illumina son âme. À l'extérieur, le soleil se levait tout juste, pourtant il avait le sentiment que l'aube éclairait entièrement son monde.

Marco poussa un soupir exaspéré.

— Allons-y, maintenant. *Andiamo.*

Lena retourna chercher ses sandales à l'intérieur. Pendant un instant, elle regarda la sacoche de son appareil photo, mais Sergio secoua la tête.

— Il sera plus en sécurité ici. *Andiamo.*

Quand elle sortit, il lui prit la main et la pressa en bas de l'escalier à la suite de Marco. À trois pas du rez-de-chaussée, ce dernier prit sa forme de dragon et s'envola dans les airs.

— Oh, mon Dieu, murmura Lena en s'arrêtant. C'est vraiment un dragon.

Comme toi, faillit répondre Sergio. Mais elle avait le droit d'être choquée. En dehors de ses semi-métamorphoses et de son loup à lui, elle n'avait jamais vu d'autres changements en action.

— Viens.

Il courut jusqu'à la moto et y monta, puis démarra le moteur. Quand Lena grimpa à l'arrière, il fila sur la route de terre entre les deux aqueducs.

— Qu'est-ce que tu vois ? cria-t-il par-dessus son épaule.

La moto vacilla légèrement quand Lena se retourna.

— Marco vole en direction de la côte. Il y a aussi des lumières, mais je n'arrive pas à savoir si ce sont des voitures sur la route ou autre chose.

Quelque chose d'autre, lui hurlait son instinct tandis qu'il poussait la moto à accélérer.

— C'est vraiment un dragon, murmura Lena. Extraordinaire.

Tu seras extraordinaire quand tu te métamorphoseras, voulait-il lui répondre. *Il te suffit d'y croire.*

Alors qu'ils fonçaient à toute allure, son esprit tournait à plein régime. Où pouvait-il aller ? Comment garder Lena en sécurité ?

— Attention ! cria Lena en désignant la gauche.

Une Land Rover rugissante sortit de l'une des arches le plus à l'ouest de l'aqueduc, fonçant droit sur eux. Au même moment, il aperçut une ombre immense voler depuis l'est... un dragon qui tendait ses griffes vers la moto. Mais une seconde ombre apparut dans le ciel. C'était Marco, qui arrivait juste à temps pour repousser l'ennemi.

Sergio regarda dans le rétroviseur et vit trois points de lumière séparés qui tressautaient. D'autres motos ?

— Merde, marmonna Lena.

« Merde » était le mot adéquat. Sergio chercha une issue autour de lui, ses espoirs pour distancer Vicente désormais réduits à néant. Et maintenant ?

On fait front, grogna son loup. *Comme on l'a fait avec Salvatore il y a dix ans.*

La situation était similaire d'une bien sinistre façon. Son oncle avait été un parrain de la mafia impitoyable, et à présent, Vicente aspirait à atteindre le même pouvoir que ce dernier. Mais Sergio n'avait mis personne d'autre que lui-même en danger en défiant Salvatore. Aujourd'hui, la vie de Lena était aussi en jeu.

Je déteste autant que toi devoir appeler du renfort, mais il est temps de prévenir les Gardiens, grogna Marco dans son esprit.

Sergio ne pouvait qu'être d'accord avec lui. Seuls, ils n'avaient aucune chance, vu la vitesse à laquelle se rapprochaient Vicente et ses hommes. De toute évidence, le malfrat comptait bien obtenir une Veilleuse du feu à tout prix.

Lena, gémit le loup de Sergio.

Il admirait peut-être la femme passionnante et intelligente qu'elle était, néanmoins Vicente de son côté ne voyait qu'un outil à exploiter pour acquérir plus de pouvoir.

Sergio serra les dents et mit toute son énergie à avertir Ariana par la pensée. Les mots ne pouvaient peut-être pas traverser une telle distance, toutefois il pouvait malgré tout lancer l'alerte. Il regarda les aqueducs et le ciel, espérant que ces images soient assez claires pour guider les Gardiens jusqu'à lui. Marco fit de même et rapidement, et Sergio put les sentir se réveiller, alarmés.

Vite, bordel ! voulait-il crier.

— Qu'est-ce que tu fais ? glapit Lena quand il prit un virage serré à droite.

— Plan B.

Il désigna l'aqueduc à quelques centaines de mètres à l'est. La structure s'élevait sur une hauteur équivalente à trois étages, mais une section s'était effondrée, ne laissant qu'un tas de ruines.

— Par ici. Quand je m'arrêterai, tu files te cacher.

— Me cacher ?

— Il n'y a pas d'autre moyen.

— Et toi ?

Il bougea sa mâchoire de droite à gauche. C'était la partie délicate de ce plan.

— Je vais retarder Vicente. Avec un peu de chance, les Gardiens seront bientôt là.

Il aurait voulu pouvoir lui en dire bien plus, cependant le dragon ennemi plongea pour une nouvelle attaque. Marco le repoussa, mais le chaos suivit. Le dragon cracha du feu dans le ciel et Sergio tourna brutalement le guidon pour éviter un jet de flammes. Celui-ci les manqua, mais la moto dérapa dans un arc de cercle qui les projeta, Lena et lui, dans les buissons.

— Tu vas bien ? demanda-t-il en se dépêchant de l'aider.

Ses jambes tremblaient, néanmoins elle répondit d'une voix ferme :

— Très bien.

Elle semblait sacrément furieuse et il aurait adoré la voir prendre sa forme de dragon pour aller donner la surprise de sa vie à Vicente. Hélas, elle n'avait pas assez d'expérience pour une métamorphose complète, et encore moins pour aller se battre dans le ciel.

— Par ici. Allez, allez !

Il la poussa vers les ruines.

Elle eut un regard noir alors que la Land Rover s'arrêtait devant eux dans un crissement de pneus, et pendant une minute terrifiante, Sergio crut qu'elle comptait rester.

— S'il te plaît. Je me battrai mieux si tu me laisses de l'espace, insista-t-il.

Lena hésita quelques secondes avant de se précipiter vers les ruines. Celles-ci créaient une rampe qui conduisait au dernier étage de l'aqueduc, toujours intact, où elle pourrait dénicher un endroit où se cacher.

Sergio se redressa de toute sa hauteur et les regarda d'un œil noir pendant que la Land Rover et plusieurs motos formaient un arc de cercle, les phares l'aveuglant de toutes parts. Il leva les mains tandis que les portières s'ouvraient et claquaient. Des bruits de pas firent craquer les herbes sèches et Vicente entra dans le halo de lumière projeté par les véhicules.

— Tu as ce qui m'appartient, grogna l'homme. Je veux le récupérer.

Sergio souffla.

— Tu pourras retrouver ton jet ski sur la plage.

Le regard de Vicente lança des éclairs.

— Je parle d'elle, pauvre idiot.

Il désigna les ruines où les pas précipités de Lena éraflaient sur la roche.

Sergio croisa les bras.

— Elle n'est pas plus ta propriété que la mienne.

— Et pourtant tu as laissé ton odeur partout sur elle, ricana Vicente. Bientôt, ce sera moi qui jouerai avec elle.

Le sang de Sergio se mit à bouillir. Lena et lui n'avaient pas joué. Vicente était-il donc incapable de voir la différence ?

Son estomac se noua et son esprit s'emplit d'images terrifiantes de Lena qui luttait et criait...

— Elle ne sera jamais à toi, rugit-il.

Tolino et les autres gardes du corps se déployèrent, prêts à se métamorphoser dès que leur chef leur en donnerait l'ordre.

Vicente fit claquer sa langue.

— Eh bien, eh bien. On ne t'a donc jamais appris à séparer les sentiments du travail ?

Les poils de ses bras se hérissèrent tandis que le loup de Sergio se battait pour se libérer.

— Ce n'est pas un travail.

— Mais bien sûr que si. Pour moi, en tout cas, ce sont *mes* affaires.

Vicente le parcourut des pieds à la tête, d'un regard fasciné terrifiant.

— Difficile à croire, marmonna-t-il ensuite dans sa barbe.

Sergio fronça les sourcils. Qu'est-ce que cela signifiait ?

Malgré tout, tout gain de temps était à prendre, maintenant que les Gardiens avaient été avertis. La question était de savoir quand ils arriveraient. Le vieux Dante mettait des siècles à se traîner d'une chaise à l'autre, et Ernesto, le métamorphe ours, était sans doute encore à moitié endormi. Gaius n'était plus le poulet fringuant qu'il avait été, enfin, l'aigle. Quant à Remo... Sergio fronça les sourcils. De tous les Gardiens, Remo était celui qu'il avait le moins envie de voir. Le vieux loup grisonnant le méprisait.

Pendant ce temps, Vicente ne le lâchait pas des yeux.

Quoi ? voulait-il hurler. *Quoi ?!*

Tolino le regardait aussi de son regard sombre et impossible à décrypter.

Un rugissement désespéré retentit et tout le monde se tourna en direction du sud. Marco achevait le mercenaire de Vicente. Avec un glapissement, le dragon ennemi tourbillonna et s'écrasa au sol avec une violence incroyable.

— Bon à rien, marmonna Vicente.

Marco survola le corps, puis rugit de triomphe et revint aider Sergio. L'espoir de ce dernier se raviva, avant de retomber brutalement quand cinq autres ombres foncèrent dans la nuit. Encore des dragons ?

Marco se tourna et montra les dents aux nouveaux venus.

— Ah, mon invité est enfin là, annonça Vicente.

Sergio écarta les bras de ses flancs, prêt à se transformer. Marco rugit et traça des cercles vers les nouveaux venus qui se posèrent en haut de l'aqueduc. Cela les plaçait de l'autre côté de l'endroit où Lena se cachait, Dieu merci, mais c'était encore bien trop près.

— Un invité ? répéta Sergio en plissant le nez.

— *Filho da puta,* jura Marco dans sa langue maternelle.

Fils de pute.

Sergio regarda dans la pénombre. Qui était-ce ?

Des cinq dragons, trois étaient clairement des gardes du corps, plus jeunes et plus costauds que les deux au centre. Le dragon du milieu avait des yeux rouges perçants et était sans aucun doute le plus âgé et celui avec le plus haut rang. À sa droite se trouvait une dragonne qui pliait les ailes avec délicatesse.

Sergio reporta son attention sur le haut gradé, et quand il put enfin percevoir suffisamment de détails dans la nuit, il reconnut son ennemi.

Enzo Lombardi, siffla-t-il dans l'esprit de Marco.

Marco souffla lentement.

Ce n'est pas bon.

— C'était donc lui, ton invité VIP ? cracha Sergio.

Vicente sourit, comme seul un tueur de sang-froid pouvait le faire.

— Permets-moi de te présenter mon associé, Signore Enzo Lombardi.

Sergio pouvait bien trop facilement imaginer les sales affaires sur lesquelles ces deux-là coopéraient. Et c'était là la pire des situations, parce que ces affaires impliquaient une Veilleuse du feu.

Il regarda Vicente. Qu'est-ce que le métamorphe loup avait en tête, exactement ?

Les Lombardi parcouraient l'Europe depuis des mois, cherchant des endroits où ils pourraient se saisir d'un pouvoir quelconque. Du pouvoir qu'ils comptaient étendre aux autres villes, un plan d'ensemble dans lequel avoir une Veilleuse du feu leur apporterait un avantage considérable.

Mais Vicente avait soif de pouvoir lui aussi, et Sergio ne pouvait l'imaginer coopérer avec les Lombardi ou qui que ce soit d'autre. Si c'était le cas, alors leur alliance ne durerait que le temps de pouvoir s'organiser dans sa propre quête de puissance. Vicente comptait sûrement doubler les Lombardi et devenir le grand patron de Rome.

Sergio grimaça. Les Lombardi étaient aussi tordus que Vicente. Ils allaient finir par essayer de se planter mutuellement un couteau dans le dos, et il s'agissait désormais de savoir qui sortirait vainqueur.

Enzo, tête pensante du clan des Lombardi, agita tranquillement une aile pour le saluer. Il parla de cette voix gutturale cassée de dragon que les autres métamorphes pouvaient décoder.

— Ne t'occupe pas de nous. On vient juste regarder. Tu sais, un peu de sport.

La dragonne à côté de lui pouffa de rire.

— Comme des gladiateurs. Dommage que tu n'aies pas pu réserver le Colisée, Vicente.

Ce dernier força un sourire devant la pique implicite sur ses pouvoirs limités.

— Ma chère Jacqueline, quand je contrôlerai la ville, je te promets les plus grands jeux romains que tu n'as jamais vus.

Sergio posa les yeux sur Marco.

Jacqueline… Cette Jacqueline ?

Le regard brillant de Marco s'intensifia.

À en juger par son accent, oui. C'est bien la dragonne traîtresse que Tristan et Liam ont combattue à Paris. On dirait qu'elle a uni ses forces avec ce bon vieil Enzo.

Son ami grogna.

Tristan n'aurait jamais dû l'épargner.

Sergio poussa un soupir. Les regrets ne les aideraient pas, il leur fallait agir maintenant. Mais qu'est-ce que Marco et lui pouvaient faire face à cinq dragons et tout autant de loups ?

— Tu veux dire, quand Enzo dirigera la ville, lâcha Jacqueline.

Vicente serra les poings, mais réussit à prononcer d'un ton mesuré :

— Bien sûr. Dans tous les cas, j'ai promis de vous distraire.

Il se tourna vers Sergio et ouvrit les boutons de sa chemise. Pendant ce temps, ses hommes se changèrent en loups et s'écartèrent en trottinant pour encercler Vicente et Sergio.

— Tu as vu ça ? lança Vicente avec un geste de la main. Notre propre petite arène.

Sergio n'était pas du tout impressionné. Pas plus que Jacqueline, qui agita l'aile d'un air ennuyé. *Vas-y, alors, distrais-moi.*

Vicente commença à tourner autour de Sergio.

— Toi et moi, dans un combat de loups à la loyale.

Sergio ricana. « À la loyale » et Vicente allaient aussi bien ensemble que Amber et « chasteté ».

— Mes associés vont seulement regarder, mentit Vicente. Ton ami dragon, pendant ce temps, voudra peut-être partir. Enfin, s'il n'a pas envie de te voir mourir.

Marco grogna dans sa barbe, mais Vicente continua.

— Vous avez bien assez fouiné autour de moi, tes Gardiens et toi. Ça s'arrête ce soir.

Il retira sa chemise d'un geste grandiloquent.

— Il est temps que le destin se mette en marche.

— Le destin ? se moqua Sergio. Quel est-il ?

Vicente plissa les lèvres.

— Venger mon père. Devenir le prochain leader d'une illustre dynastie.

— Une illustre dynastie ? Toi ?

Sergio ne put s'empêcher de rire.

Les Gardiens avaient enquêté en profondeur. Vicente venait d'un clan de loups miséreux qui n'avaient jamais dépassé le stade du vol mineur et de la pauvreté. Il avait été élevé par une mère célibataire, troisième enfant sur cinq, tous d'un père différent.

Le sourire de Vicente ne flétrit pas.

— Tu trouves cela difficile à croire ? Ironique, sachant que nous partageons le même sang.

Marco chuchota dans la tête de Sergio.

Il essaie seulement de te déstabiliser.

Sergio aurait voulu acquiescer, cependant la lueur dans le regard de son ennemi suggérait qu'il ne mentait pas. En même temps, le sentiment tenace qui ne le lâchait jamais en présence du mafieux s'était mué en cri d'avertissement quelque part dans son esprit.

— Je descends de rebuts de l'humanité, rétorqua Sergio. Ce qui veut dire que la partie « rebuts » est le seul point commun entre ma famille et la tienne.

Le regard de Vicente brillait de plaisir, comme s'il attendait cet instant depuis des années.

— Tu es tellement aveugle, comme tous les autres.

Puis il se tut et se fit plus sombre.

— Admets-le. Tu as tué mon père. Bien sûr, en réalité, tu m'as rendu service. Qui sait si ce vieux vicelard m'aurait filé le pouvoir comme convenu ? Mais il est temps de le venger. Ça me donnera une meilleure image dans les livres d'histoire, ajouta-t-il en pouffant de rire.

Sergio se tendit. Est-ce qu'il avait perdu la tête ?

Vicente se rapprocha et les désigna tour à tour.

— Tu ne le vois vraiment pas ? Tu n'en as pas même la moindre idée ?

Sergio aurait voulu hurler qu'il ne voyait qu'un fou, un fou avide de pouvoir. Mais quelque chose en Vicente lui avait toujours semblé familier. De façon troublante, même s'il n'avait jamais pu mettre le doigt dessus.

Tout à coup, celui-ci tendit la main et entailla l'avant-bras de Sergio avec ses ongles. Puis il fit de même sur le sien et le leva en déclarant :

— Le même sang coule dans nos veines.

Sergio faillit exploser.

— Est-ce que tu sous-entends que mon père... ?

Vicente éclata de rire.

— Ton père était le plus faible, le moins important. Réfléchis encore, mon cher frère.

« Frère ? » Sergio faillit le bousculer. Il avait l'habitude de mépriser les membres de sa famille, mais être lié par le sang à Vicente était inconcevable. Il mentait forcément.

Puis il comprit d'un coup. La vengeance... le sang qu'ils partageaient... des mères célibataires... des pères absents...

Vicente éclata de rire alors que la prise de conscience se dessinait sur le visage de Sergio.

— Ton oncle Salvatore était mon père. Et comme ton père était son frère jumeau... eh bien, en un sens, ça fait de nous des frères.

— *Cazzate,* tonna Sergio.

Conneries.

Mais au fond de lui, il voulait se noyer dans la honte. Le père de Sergio et son oncle Salvatore étaient jumeaux, bien que le plus gros de la malveillance et de l'avidité ait été hérité par ce dernier. L'homme que Sergio avait tué pour mettre fin à la dynastie meurtrière de la famille. Un oncle parfaitement capable de mettre une femme enceinte et de la laisser élever seule son enfant.

Vicente leva les mains comme pour faire l'éloge de son tendre paternel défunt.

— Pendant des années, il a ignoré mon existence, mais quand ses autres fils se sont avérés être de grandes déceptions...

Sergio grimaça. Ses cousins étaient aussi corrompus que leur père, toutefois aucun n'avait possédé la même combinaison d'avidité, de charisme et de volonté.

— Un jour, il est venu me voir, expliqua Vicente. Quand il a compris que j'étais celui qui pourrait prendre la relève, il m'a pris sous son aile. Secrètement, bien sûr. Et il m'a appris beaucoup de choses.

Tous les coups fourrés possibles, Sergio n'en doutait pas.

— Et comme on dit, tu connais la suite.

Vicente croisa les bras fièrement.

— Dans la seule suite qu'on connaîtra, tu seras le méchant de l'histoire, rétorqua Sergio.

Le rire de Vicente résonna si fort dans la nuit que les cigales se turent.

— Méchant, héros. L'histoire est écrite par ceux qui triomphent, mon cher frère.

Il se frotta ensuite les mains.

— Hélas, mon père devait mourir. Merci de m'avoir épargné cette peine. Et maintenant, comme Romulus et Rémus, nous devons nous battre pour la domination.

— Je ne suis pas ton frère, siffla Sergio entre ses dents. Je ne suis en rien comme toi.

— Ah, mais bien sûr que si, ronronna presque Vicente. Un pauvre garçon en colère et frustré. Un homme déterminé à prouver sa valeur. Un homme dévoué à sa cause.

Sergio sentit ses joues le brûler.

— Ma cause n'a rien à voir avec les tricheries, les vols ou les meurtres.

Vicente rit encore.

— Non ? Et mon père, alors ? Et ton prétendu « service » militaire ? rétorqua-t-il en mimant les guillemets. Je doute que tu aies bossé pour la Croix-Rouge et que tu aies pris soin des blessés. Mais qu'est-ce que tu en as tiré ? *Niente.* Rien. Alors que moi, pendant ce temps, j'ai investi les dix dernières années à construire un empire.

Puis Vicente se tut et l'observa.

— Bien sûr, un bon homme de main pourrait m'être utile. Quelqu'un sur qui je pourrais compter comme un frère.

Ses dents brillèrent dans la nuit.

Sergio sentit son ventre se nouer. Vicente croyait-il vraiment qu'il accepterait de le rejoindre ?

Apparemment, oui, car il hocha la tête, enchanté par son idée.

— Cela a son charme. Nous sommes des survivants. La crème de la crème. Le point culminant de la lignée. Si on combinait nos efforts, pense à ce que nous pourrions accomplir.

Sergio ne voulait pas songer à tout cela. La seule chose qu'il imaginait, c'était la mort de Vicente.

Ce dernier, de son côté, continua avec enthousiasme.

— On pourrait faire revivre l'empire familial. Redonner sa grandeur au nom des Monserratti. Et toi, tu n'aurais plus à supplier des étrangers de te faire travailler. Tu pourrais être ton propre chef. Nous avons cela dans le sang, tu sais.

Chacune de ses paroles dégoûtait Sergio.

Pourtant, au fond de lui, il sentait comme un tiraillement. La petite graine de la tentation.

La famille, c'est la famille, disait la voix de son oncle dans sa tête.

Ne plus supplier pour travailler…

L'offre de Vicente ne lui semblait pas aussi scandaleuse qu'elle aurait dû.

— Et puis, tu serais riche. Très riche.

La voix basse de Vicente s'arrêta là, laissant les pensées séduisantes s'infiltrer insidieusement dans son esprit.

Cela n'aurait pas dû être aussi tentant, mais c'était le cas, il ne pouvait pas le nier. Quand la mère de Sergio était partie à la campagne pour fuir son oncle, ils avaient été démunis, et il avait passé le plus gros de sa vie d'adulte à essayer de compenser cette période. C'était l'une des raisons pour lesquelles il portait des vêtements de qualité aujourd'hui. Il détestait être pauvre et qu'on lui manque de respect.

Réfléchis…

Ça le rendait malade, pourtant il était là, à réfléchir. À imaginer, tout comme il l'avait fait quand son oncle avait tenté de l'amadouer dix ans plus tôt.

Aide-moi à diriger les affaires, avait dit Salvatore. *C'est ton destin.*

Les loups autour d'eux agitèrent la queue, comme pour l'inviter à rejoindre leur petit club. Tous sauf Tolino, qui restait parfaitement immobile. Au-dessus d'eux, un nuage couvrit lentement la lune, assombrissant les lieux.

Le cœur de Sergio tambourinait et la sueur coulait sur son front. C'était comme si les fantômes du passé s'étaient rassemblés autour de lui et lui donnaient une centaine de raisons pour céder.

La famille…

La richesse…

L'empire…

De la bile remonta dans sa gorge et il se secoua assez fort pour chasser les fantômes de son passé. Dix ans plus tôt, il avait quitté l'Italie, car il n'était pas certain d'être assez fort pour résister à ces tentations. Mais cela faisait bien longtemps, maintenant. Il était un homme différent aujourd'hui. Un homme meilleur, mais surtout plus fort. Et plus avisé, capable de tracer son propre chemin dans la vie. Un chemin honnête, une vie honnête.

Une vie digne de son amour, ajouta le loup avec un regard vers Lena.

— Oublie ça, Vicente. Tu brûleras en enfer, et tu iras seul, grogna-t-il.

Le faux sourire de son cousin se chargea de mépris.

— Oh, j'irai bien brûler en enfer. Mais tu iras le premier. Tout homme qui osera me défier mourra.

Sergio s'apprêtait à répondre, néanmoins dans le court moment de silence qu'il lui fallut pour prendre une inspiration, quelque chose bruissa au-dessus d'eux. Un caillou tomba le long des ruines à côté, sautant de pierre en pierre. Quelque chose de si petit que personne n'aurait dû le remarquer dans l'atmosphère pesante qui régnait, mais le timing était si parfait que tout le monde se retourna. Vicente et Enzo, le chef malin du clan Lombardi, se tournèrent et fouillèrent les ombres de l'aqueduc.

Le loup de Sergio se tendit. *Ils cherchent Lena.*

Vicente se pencha avec un sourire.

— Au vainqueur revient le butin.

Sergio montra les dents. Des poils poussèrent sur tout son corps et il grogna d'une voix rauque et profonde avant d'être entièrement transformé en loup :

— Jamais.

Il sauta sur Vicente, prêt à mourir pour la femme qu'il aimait. Il ne laisserait jamais Lena tomber entre ses mains, ou entre les griffes d'Enzo. Marco et les Gardiens se chargeraient de ce dernier, mais c'était à lui de tuer Vicente. Pour l'honneur. Pour l'avenir de la ville. Pour Lena.

Elle est à moi, clamait le regard brillant de Vicente alors qu'il se transformait en loup à son tour.

Jamais, grogna Sergio. *Jamais.*

Chapitre 11

Lena ravala un glapissement, maudissant sa maladresse. Tout le monde avait levé le regard en l'entendant : Sergio, Vicente, et pire encore, les cinq dragons perchés sur l'aqueduc plus haut. Ces derniers se trouvaient sur la structure même qu'elle escaladait, séparés seulement par une ouverture laissée après l'effondrement d'une partie du monument.

Elle se précipita dans le tunnel qui longeait la partie supérieure de la structure. À une époque, l'eau aurait gargouillé ici, suivant son chemin jusqu'à la capitale de l'empire antique. Maintenant, c'était une cachette, à peine assez large et haute pour qu'elle puisse s'y accroupir.

Et de toute façon, pourquoi se cachait-elle pendant que Sergio affrontait le danger en bas ?

Des grognements résonnèrent dans la nuit alors que son homme et Vicente commençaient à se battre. Lena serra ses bras autour d'elle tout en regardant en bas, depuis son perchoir vertigineux. Il ne lui fut pas difficile de différencier les deux loups. La fourrure noire et brillante de Sergio et son regard intense étaient des indices flagrants. Vicente était tout aussi sombre, mais ses poils avaient une texture insipide et ses yeux étaient d'un rouge diabolique.

— Arrête, murmura-t-elle. S'il te plaît, arrête.

Bien entendu, Sergio était un métamorphe né et possédait des années d'expérience dans son corps animal. C'était aussi un soldat entraîné. Si elle venait à s'aventurer en bas, elle risquait seulement de le gêner et de le déconcentrer. Elle serait un fardeau, incapable d'aider. Cependant elle détestait rester là, immobile, alors qu'on se battait pour elle en contrebas.

Alors, laisse-moi sortir, chuchota la voix dans son esprit.

Elle souffla. Ouais. Bien sûr. Comme ça elle pourrait se tordre de douleur au sol en alternant entre forme humaine et forme dragonne, sans parvenir à contrôler quoi que ce soit. En quoi cela aiderait ?

En bas, Sergio se jeta sur Vicente, qui le repoussa avant de lui déchirer l'épaule avec ses griffes et ses crocs. Lena grimaçait à chaque rugissement et chaque cri de douleur. Marco faisait des cercles dans le ciel, regardant tantôt les loups, tantôt les dragons. Il était piégé dans une situation aussi désespérée que celle de Sergio. Si Sergio prenait l'avantage, les Lombardi lâcheraient leurs gardes du corps pour aider Vicente. Comment Marco pourrait-il retenir cinq dragons à lui seul ?

Et surtout, les malfrats avaient formé un périmètre autour du combat de loups. Deux s'étaient écartés pour renifler la base de l'effondrement que Lena avait escaladé. L'un d'eux leva son regard acéré et elle sentit les poils se hérisser sur ses bras. L'un des dragons l'observa à son tour. Combien de temps leur faudrait-il pour venir après elle ?

Elle s'enfonça dans l'étroit tunnel sombre derrière elle. Voulait-elle vraiment fuir par là ?

— Non, murmura-t-elle, tentant de rassembler tout son courage.

Elle n'avait jamais été une lâche et ne comptait pas le devenir maintenant.

Mais les deux loups commencèrent à escalader à leur tour et elle devait réfléchir vite. Elle poussa un rocher aussi gros qu'une roue de voiture pour déclencher un éboulement. Les loups glapirent et fuirent. Son sentiment de triomphe disparut rapidement néanmoins, parce qu'ils secouèrent la poussière de leur fourrure et se remirent à grimper, les yeux brillants de fureur.

Merde. Pas bon.

Ses genoux chancelèrent tandis qu'elle regardait à nouveau dans le tunnel. Lorsque l'un des dragons renifla l'air puis étendit ses ailes pour s'envoler, elle se mit à trembler plus encore.

Cours, Lena ! cria Sergio dans sa tête.

Son sang se glaça. Elle se força à se précipiter dans le tunnel, écoutant l'écho de son propre souffle court. Le passage étroit ressemblait à un cercueil qui s'étendait indéfiniment. Le bruit des loups qui se battaient disparaissait à mesure qu'elle avançait, une main suivant le mur et l'autre le plafond pour s'aider à s'orienter.

Puis, elle entendit renifler et une ombre coupa la lumière derrière elle.

Elle se tourna. Merde ! Les loups étaient arrivés au tunnel et se rapprochaient rapidement d'elle.

Devant, elle apercevait un peu de lumière. Elle avança aussi vite qu'elle le put, voûtée et paniquée. Une section du plafond s'était effondrée ici, et elle fut en mesure de s'y glisser et de sortir du tunnel. Elle bondit sur ses pieds et se prépara à fuir en courant.

Mais elle tituba sur la surface étroite et regarda plusieurs dizaines de mètres plus bas. On aurait dit qu'il y avait des kilomètres la séparant du sol, et elle faillit se figer. Avec les loups qui approchaient à toute allure, elle se força à pousser sur la dalle qui avait autrefois formé le tunnel de l'aqueduc. Elle était à moitié effondrée dans le souterrain, ce qui laisserait aux loups un moyen de sortir, mais si elle réussissait à la pousser un peu plus...

Le diamant brilla dans sa poche, lui donnant le courage d'essayer. La dalle était immense, cependant quand elle s'agenouilla et força dessus, celle-ci bougea. D'abord doucement, puis plus vite, jusqu'à ce qu'enfin elle craque et tombe dans une autre position. Les loups jappèrent et reculèrent juste à temps pour éviter d'être écrasés. Ils grondèrent et passèrent les pattes à travers l'ouverture pour tenter de l'attraper.

Reste ici, salope, disaient leurs grognements.

Elle retroussa les lèvres. *Tu peux toujours courir, bordel.*

Malgré tout, aller le plus vite possible était une chose plus facile à dire qu'à faire, vu le vertige qui se saisissait d'elle. Sans compter qu'être à l'air libre l'exposait aux bruits du combat de loups et que son cœur saignait pour Sergio.

Tout à coup, elle entendit une agitation dans l'air. Le martèlement qui accompagnait une bourrasque. Elle se tourna et poussa un petit cri.

— Oh, Seigneur !

Quatre des cinq dragons s'élevèrent dans un flou d'ailes battantes et de queues fouettant l'air. Le vacarme qu'ils produisaient ressemblait à celui d'une nuée d'oiseaux qui s'envolaient, mais cent fois plus fort. Au début, des ombres agiles tourbillonnèrent dans le ciel nocturne, et elle pouvait à peine distinguer chaque individu.

Puis, l'un des dragons fusa hors de toute cette agitation, fonçant droit sur elle. Celui que Vicente avait appelé son partenaire. Enzo Lombardi était le leader de ces dragons et il se précipitait sur elle, escorté par un second dragon. Les deux autres, eux, attaquaient Marco qui rugissait de façon menaçante.

Cours, Lena! aboya Sergio.

Elle s'élança le long du sommet de l'aqueduc, le cœur tambourinant sous la peur, l'adrénaline et l'épuisement. Au moindre déséquilibre, la mort l'attendait. Mais bon sang, avec les dragons derrière elle, ce n'était de toute façon qu'une question de temps, non?

— Oh, nous n'avons pas l'intention de te tuer, ma chère, lança Enzo de sa voix hypnotique. Tu as bien trop de valeur pour ça.

Sa voix était un grondement brouillé, malgré tout elle en comprenait chaque mot. Le bruit de leurs ailes battant le vent se fit plus fort, et un courant d'air la poussa dans le dos alors qu'Enzo approchait.

Laisse-moi sortir! hurla sa bête intérieure.

Au lieu de cela, elle plongea à plat ventre sur la roche. Les serres d'Enzo se refermèrent à trois centimètres de son dos et il la dépassa, rugissant de rage.

— Attrapez-la! grogna-t-il à ses complices.

Lena roula sur le dos juste à temps pour voir le second dragon plonger sur elle. Elle bascula ensuite sur le côté en cherchant une prise où s'accrocher. Mais l'aqueduc était trop étroit, et l'espace d'une terrifiante seconde, elle réalisa qu'elle allait tomber.

Zoum! Le second dragon passa et la rata de peu ; le genou de Lena se cogna contre la pierre.

Elle cria tandis que ses ongles glissaient sur la surface rocheuse. Elle tombait... tombait...

Sa chute s'arrêta alors brutalement. Elle était pendue par une main au bord de l'aqueduc. Son épaule hurla et elle réussit à peine à poser son autre main sur la saillie. Soufflant et ruant, elle parvint toutefois à remonter.

— Bordel de merde.

Elle se coucha, haletante, regardant les étoiles. Comment avait-elle fait pour ne pas mourir ?

Elle sentit la chaleur dans sa poche et pouvait presque entendre le diamant pouffer de rire. Elle le sortit et le regarda, émerveillée par son éclat.

Le trésor du dragon, avait dit Sergio. *Certains objets enchantés ont une volonté propre.*

Lena s'accroupit et enfila précipitamment le collier. Les étoiles disparaissaient, et les premières lueurs de l'aube pointaient à l'horizon. Pendant une seconde, elle ne ressentit plus que la beauté et la paix. Mais quand elle se tourna...

C'était le chaos. Sergio et Vicente étaient engagés dans un affrontement mortel au sol. Marco luttait dans un combat aérien avec deux dragons. La dragonne était restée perchée sur l'aqueduc, à encourager ses hommes. Quant à Enzo et son garde du corps...

Zoum ! Un dragon fonça à travers l'une des arches en dessous. C'était Enzo qui cherchait au sol.

— Abruti ! criait-il à son homme de main. On doit ramener la Veilleuse vivante !

Oh, Seigneur. Ils parlaient d'elle, n'est-ce pas ?

Elle se força à courir aussi silencieusement que possible. Si les dragons pensaient qu'elle était tombée, elle avait encore une légère chance de s'échapper, mais elle devait agir vite.

Elle avait cependant avancé d'à peine dix pas qu'elle entendit un grognement derrière elle. Pas ceux, urgents, qui résonnaient en bas, mais quelque chose de plus proche, de plus vicieux. L'un des loups était passé à travers l'ouverture malgré la dalle qu'elle avait poussée, suivi par son camarade. Ils se secouèrent, puis foncèrent.

Salope. Leurs yeux étaient d'un rouge furieux.

L'un d'entre eux aboya, alertant Enzo.

— Merde.

Lena se précipita en avant, mais cela semblait désormais sans espoir. Comment pourrait-elle les semer ?

Pourtant, elle devait essayer. Alors elle fila dans les ténèbres, se fichant de tomber ou non. La mort était-elle mieux que d'être capturée par un clan de dragons démoniaques ?

Des bruits de pas s'élevaient derrière elle et l'air s'agita quand Enzo et son garde du corps l'aperçurent. Face à elle, l'aqueduc s'étendait sur des kilomètres, mais Lena savait qu'elle n'irait jamais aussi loin.

Pourtant, quelque chose semblait anormal, un peu plus loin. Elle plissa les yeux. Qu'est-ce que c'était ?

Attention, princesse, s'amusa un des loups derrière elle.

Son cœur se serra, parce qu'une autre zone effondrée apparut devant elle. Pas juste un tas de pierres qu'elle aurait pu escalader, mais une coupure nette. Une falaise. Un cul-de-sac.

Bon sang, et maintenant, que faire ?

Laisse-moi sortir, ordonna la bête en elle.

Les larmes roulèrent sur ses joues alors qu'elle courait vers le précipice. La douleur frappa ses épaules et ses doigts se tendirent.

Oh, Seigneur, oh, Seigneur...

Ça arrivait encore. Elle se transformait. Enfin, à moitié, ce qui n'aiderait pas. Elle allait se débattre dans les airs et plonger vers une mort certaine. Si Sergio retrouvait un jour son corps, elle ne serait plus qu'un mélange ignoble d'humaine et d'animal qui le dégoûterait assurément.

Pas humaine, rétorqua la voix intérieure. *Entièrement animale. Arrête de lutter et tu verras.*

Pendant un instant, elle se concentra sur ses doigts, comme Sergio lui avait dit. Mais elle approchait dangereusement du bord, et ses ennemis n'étaient plus très loin derrière elle.

Concentre-toi, disait la voix de Sergio dans son esprit. *Imagine-toi humaine, une partie de ton corps à la fois.*

Elle regarda ses mains. Une seconde. Est-ce que cela fonctionnait dans l'autre sens ? Ou serait-elle à nouveau piégée entre deux corps ?

Un seul corps, lui assura la bête. *Maintenant, laisse-moi sortir avant qu'il ne soit trop tard !*

Le précipice s'enfonçait dans le noir devant elle et elle pouvait sentir le souffle chaud du loup dans sa nuque. Si elle hésitait, les loups seraient sur elle. Si elle accélérait, elle se jetterait dans le vide. À moins que...

Elle prit une profonde inspiration et se visualisa en tant que dragonne. Mais qu'est-ce que cela impliquait exactement ?

Des ailes larges et puissantes, pour commencer. Elle les imagina s'ouvrir et l'aider à planer sans le moindre effort dans les airs, comme elle l'avait fait dans ses rêves. Puis elle imagina une longue queue battante, et des narines brûlantes emplies de flammes.

Oui, dit sa bête intérieure. *Oui.*

Elle accéléra vers le précipice en déglutissant. Soit elle s'écraserait au sol, et elle trembla en imaginant son corps humain chuter, soit... elle volerait, indemne.

Le bord était à deux pas. Pouvait-elle le faire ?

— Attends, Veilleuse du feu ! rugit Enzo derrière elle. Stop !

Le diamant flamboya contre sa poitrine et ses joues se réchauffèrent sous la rage qui la consuma à cet instant. Qui était-il pour décider de ce qu'elle pouvait faire ou non ?

Elle poussa de sa jambe droite, fit un dernier pas de la gauche, puis étendit les bras et s'élança dans le vide.

Chapitre 12

Lena écarquilla les yeux alors qu'elle avançait dans le vide. Son cœur battait à tout rompre, son âme hurlait. Les larmes coulaient le long de ses joues sans qu'elle ne puisse les contrôler.

Voilà. Elle allait mourir.

Lena ! hurla Sergio.

Non !

Même Marco semblait réticent à l'idée de la voir périr.

Mais les deux combattaient des ennemis tenaces, alors elle devait se débrouiller seule.

On ne meurt pas. On vole, insista la voix.

Pendant un moment, elle tomba dans le vide, raidie par la terreur. Puis elle força ses bras à s'ouvrir.

Des ailes, s'ordonna-t-elle. *J'ai des ailes.*

La palmure entre ses doigts s'étira et ses ongles se transformèrent en serres.

Je peux voler.

Derrière elle, quelque chose battit furieusement. Une queue ?

Je peux le faire, chantonna-t-elle.

Sergio lui avait plusieurs fois répété qu'elle était aux commandes, non ? Eh bien, elle s'ordonnerait de prendre une forme de dragon si c'était ce qu'il fallait. Elle le devait, pour le bien de Sergio.

Vole ! cria-t-elle alors que les buissons en bas de l'aqueduc se rapprochaient dangereusement, prêts à l'engloutir. *Vole !*

Ses membres peu familiers étaient raides et imposants, pourtant elle battit des bras. Une fois. Deux fois...

Sa chute changea, elle plana, elle ralentit même un peu. Alors elle inclina le bord de ses mains, enfin, de ses ailes, et se mit aussitôt à remonter.

Elle écarquilla les yeux, surprise. Waouh. Elle y était vraiment parvenue ! Elle volait !

Un des loups glapit de terreur, piégé dans une chute libre. Il hurla pendant trois longues secondes, puis s'écrasa sur le sol avec un bruit sourd. Lena se détourna, volant de plus en plus haut. Elle s'observa elle-même et déglutit avec force.

Sa peau cuirassée de dragon avait la couleur de ses cheveux, un brun profond avec des reflets dorés le long de ses ailes. Lentement, elle observa chacune des parties de son corps surprenant.

Des ailes, OK. Un long cou de dragon, OK. Une queue... Elle fronça les sourcils. Comment fonctionnait-elle ?

Comme ça, murmura sa voix intérieure en la battant d'un côté.

Elle tourna brusquement à droite. Un dragon passa soudainement à côté, et il semblait contrarié. C'était le garde du corps d'Enzo, qui avait voulu la surprendre par-derrière.

Elle ignorait comment, mais le collier en diamant avait survécu à la métamorphose, probablement grâce à sa magie. Elle pouvait le sentir pendu à son cou, dur et chaud comme un petit sachet de pouvoir radioactif.

Une énergie nouvelle parcourait désormais son corps, et avec elle, une colère qui ne demandait qu'à sortir. Enzo croyait pouvoir s'emparer d'elle. Vicente aussi. Tous leurs hommes de main, loups et dragons, sans parler de cette dragonne cinglée qui ne cessait de glousser sur son perchoir... ils pensaient pouvoir décider de son destin.

Ses joues la brûlèrent. Sergio était le seul qui avait respecté ses décisions, et le seul à ne pas réfléchir à ce qu'elle pourrait lui apporter.

Compagnon, ronronna sa voix intérieure.

Une série de sentiments accompagnés d'images floues traversèrent son corps tandis que son instinct, maintenant accru, lui expliquait ce que cela signifiait. *Compagnon.* Cela voulait dire amour. Dévotion. Respect. Communion.

Elle lança un regard vers Sergio et chuchota :

— Compagnon.

Puis sa voix intérieure ajouta autre chose. *Montrons-leur ce que cette Veilleuse du feu peut faire.*

Si son côté humain comprenait bien peu de choses sur le statut de Veilleuse du feu, son côté dragon semblait parfaitement saisir ce que cela impliquait. En tout cas, il ne perdit pas de temps à le lui expliquer.

Elle battit des ailes et souffla de l'air chaud. Une chose était sûre, être une Veilleuse du feu signifiait que personne ne pouvait la maltraiter ou lui dire quoi faire. Et personne ne menaçait son compagnon.

Le sentiment lui échappa dans un rugissement assourdissant qui la prit elle-même par surprise.

— Eh bien, eh bien, gloussa Enzo, ravi. Notre Veilleuse du feu possède bel et bien du pouvoir.

Tu ne crois pas si bien dire, voulut-elle hurler.

À la place de quoi elle laissa sortir un filet de flammes. Elle resta longuement à regarder devant elle, même une fois les étincelles passées, puis ajouta « cracher du feu » à sa liste de talents de dragon.

Enzo souriait avidement.

— Mes recherches n'ont pas été vaines. Bientôt, tu te joindras à moi, et quand ton pouvoir sera combiné au mien...

Il continua sur cette voie, la rendant toujours plus furieuse.

— Je ne te « joindrai » pas ni ne « combinerai » jamais rien avec toi ! cria-t-elle.

Seulement avec Sergio, jura-t-elle avec un regard dans sa direction.

Ce dernier se tourna exactement au même moment, désespérément épuisé. Vicente, lui, profita de l'instant pour se jeter sur lui.

— Non ! hurla Lena.

Sergio se tourna juste à temps, la mâchoire grande ouverte. Son regard étincelait de rage alors qu'il plongeait sous les griffes de son adversaire.

Tu ne la toucheras jamais, tempêtait le grognement de Sergio. Puis, après un saut puissant, il enfonça ses crocs dans la gorge de Vicente. Celui-ci hurla et lutta, mais Sergio tint bon, encore et encore...

Lena se sentit mal en regardant les griffes de leur ennemi gratter le sol. Puis, enfin, il cessa de lutter. Sergio relâcha son corps et chancela sur ses pattes.

Malgré le sang et l'horreur de cette vue, Lena se sentait folle de joie. Vicente était mort ! Sergio était en sécurité !

Mais les quatre complices du mafieux se rapprochaient maintenant de lui, l'encerclant. Ou plutôt, trois. Le plus grand et le plus sombre se retenait. Pourquoi ?

Pour l'achever une fois que les autres l'auront affaibli, grogna sa dragonne.

Cette réflexion sortit brutalement Lena de cet étrange sentiment brumeux qui l'accompagnait depuis cette première métamorphose. Jusqu'ici, elle n'avait été qu'une observatrice. Mais maintenant...

Elle retroussa les babines. Ces loups feraient mieux de faire attention.

Elle battit des ailes dans le but d'aider Sergio.

Allons, allons, renifla Enzo tandis que son garde du corps et lui convergeaient vers elle. *Inutile de se mêler à ces loups pitoyables.*

Lena rugit. Pitoyable ? Sergio ?

Son rugissement fut accompagné d'un long panache de feu et d'un virage serré à droite. Le garde du corps la regarda, surpris tout autant qu'elle. Apparemment, moins elle pensait à son vol, plus les mouvements lui venaient facilement.

Je m'en occupe, répondit sa voix intérieure. *Je te l'ai promis, je m'en charge.*

Elle se concentra pour rassembler toute la colère qu'elle ressentait actuellement, et les minutes suivantes ne furent que rugissements et flammes. Pas seulement celles d'Enzo, mais aussi les siennes. Elle roula et tourna dans les airs, poussée par le diamant qui pulsait à son cou et par le besoin urgent d'aider Sergio.

Elle vit rouge, et peu de temps après, quelque chose frappa le sol : l'homme de main d'Enzo, piégé dans ses flammes. Lena battit à peine des cils, cherchant encore Sergio.

— Tu... tu... haleta Enzo en la pourchassant.

— Salaud.

Elle se tourna rapidement et souffla un mur de feu qui tourbillonna et gonfla à la poursuite de son ennemi.

Enzo eut à peine le temps de lui échapper cette fois. Puis il plana sur place, la fusillant du regard. Avec un rugissement, il appela ses deux autres gardes. Mais l'un d'eux gisait, sans vie, tué par Marco. L'autre était coincé dans une bataille sauvage avec le dragon portugais, et aucun d'entre eux ne cédait du terrain à l'autre.

Lena se précipita vers Sergio, qui tournait et donnait des coups de griffes pour se défendre face aux autres. Par chance, il tenait ses trois attaquants à distance, mais c'était serré. Alors que Lena approchait assez pour cracher du feu, la dragonne qui avait tout observé à l'écart s'élança tout à coup dans les airs en marmonnant :

— Quand on veut quelque chose, il faut le faire soi-même.

Cela ne laissa pas d'autre choix à Lena que de se détourner des loups pour affronter son adversaire. Qui était cette garce ? Jacqueline, avait dit quelqu'un.

Mais ça lui importait peu... elle allait regretter d'avoir menacé l'homme de Lena.

Elles volèrent l'une vers l'autre, crachant des flammes qui se rencontrèrent dans une explosion d'étincelles. Le contrecoup fut si violent que Lena fut projetée de côté. Jacqueline et elle se frôlèrent, puis se retournèrent pour une seconde attaque.

— Ne lui fais pas de mal ! insista Enzo.

Jacqueline pouffa de rire.

— Oh, non. On ne voudrait pas blesser notre précieuse Veilleuse du feu.

Son ton était chargé de jalousie et de haine, et Lena se demanda ce qu'elle avait bien pu faire pour énerver cette femme.

— Allez, petite Veilleuse, appela Jacqueline. Pourquoi rends-tu les choses si difficiles ?

Lena répondit par un panache de feu, puis se précipita vers elle et donna un coup de dents vers son cou au passage. Mais son ennemie plongea et s'écarta. Au même instant, son regard avide se posa sur la gemme de Lena.

— Le diamant d'Eruzzi... haleta Jacqueline.

Lena serra les dents. L'amour valait la peine de se battre. La liberté aussi, comme tout un tas d'autres causes importantes. Mais les diamants? La richesse? Le pouvoir? Était-ce *vraiment* si important?

Apparemment, pour Jacqueline et d'autres comme elle, oui.

Les minutes suivantes furent les plus désespérées de la vie de Lena alors qu'elle tournait, plongeait, esquivait et luttait pour survivre. Marco et Sergio étaient coincés dans des affrontements tout aussi violents qu'elle. Même les premières lueurs du soleil à l'horizon ne lui apportèrent aucun espoir. Et quand elle repéra plusieurs ombres qui approchaient à toute vitesse depuis le nord-ouest, elle cria de désespoir. Encore des dragons?

Mais Marco poussa un rugissement de soulagement et Jacqueline s'arrêta en pleine attaque, jurant en français.

— Merde. Je t'avais dit qu'il fallait agir vite! cria-t-elle sur Enzo.

Lena n'avait aucune idée de ce qu'il se passait, néanmoins elle n'allait pas baisser sa garde. Sergio, en revanche, battit de la queue de contentement.

Les Gardiens.

Il semblait soulagé, mais elle ne savait pas quoi penser de leur arrivée. Sergio n'avait-il pas dit qu'il ignorait s'il pouvait leur faire confiance?

Malgré tout, les hommes d'Enzo reculèrent, puis observèrent leur chef avec appréhension.

— Dante, siffla Enzo. Gaius.

Le chef des Lombardi hésita, le regard meurtrier. De toute évidence, il y avait une histoire entre les deux Gardiens et lui. Finalement, d'un geste de l'aile, il fit signe à Jacqueline et au garde du corps de renoncer. Les hommes de main de Vicente reculèrent également. Tous, sauf Tolino, le loup sombre qui se tenait dans un coin, droit, comme prêt à se rendre avec les honneurs. En quelques secondes, tout ce qui resta des autres fut le bruit des feuilles et quelques corps sans vie.

Lena se précipita pour atterrir près de Sergio, réussissant son coup avec une telle souplesse qu'elle se félicita elle-même.

Une fois ses deux pattes au sol, elle se tourna vers Sergio.

Il aurait pu dire ou faire n'importe quoi, mais il se contenta de lui sourire avec une expression fière qui semblait dire : « Je savais que tu pouvais le faire ». Elle souffla, de son souffle de dragon, puis se tourna pour voir les nouveaux venus approcher. Elle ouvrit grand les ailes, comme un bouclier, et montra les dents. Si quelqu'un tentait encore de s'en prendre à son homme...

Sergio passa devant elle, insistant pour la protéger, comme toujours. Mais les deux premiers dragons les ignorèrent et partirent pourchasser Enzo et les autres. Un immense aigle passa également, le regard si féroce qu'elle en trembla presque. Marco se joignit à eux et ils partirent à la poursuite des Lombardi. Puis, un autre dragon atterrit ; un dragon âgé et grisonnant qui aurait pu avoir été témoin de la chute de l'Empire romain.

Sergio hocha la tête avec respect.

Dante.

C'était un petit aboiement, mais Lena entendit parfaitement le nom qui en ressortit.

Dante regarda lentement vers elle et parla dans une petite toux gutturale.

— Eh bien, eh bien. C'est inattendu.

Lena faillit pouffer de rire. « Inattendu » résumait parfaitement sa nuit. Sa semaine entière, même.

Un autre dragon vola au-dessus d'eux, puis atterrit à côté de lui. Il était son portrait craché, seulement plus jeune ; sûrement son fils. Plusieurs loups suivaient derrière en trottinant, ainsi qu'une Land Rover. Le véhicule s'arrêta derrière Dante, et un chauffeur à forte carrure descendit avant d'offrir sa main pour aider une dame âgée vêtue avec élégance à descendre du siège arrière.

Lena regarda nerveusement Sergio, cependant il lui adressa un petit sourire lupin. Un instant plus tard, il reprit forme humaine, et le processus la fascina. Malgré tout ce qui se passait autour d'elle, elle ne put détourner les yeux. C'était si fluide, si naturel. En un battement de cils, il était redevenu humain, un humain *très* musclé, et remettait son pantalon.

— Des alliés. Tous, expliqua-t-il doucement. Ne t'inquiète pas. Ariana est la dirigeante des Gardiens.

La dame âgée s'approcha, soupirant vers Sergio avec un air indulgent.

— Signore Monserratti. Je vois que vous avez été occupé.

Dante bâilla.

— À une heure indue.

Il lança un coup d'œil vers Lena et elle rougit en repensant à la première partie de la nuit. Oh, oui, très occupés.

Ariana la regarda et un sourire se dessina aux coins de ses lèvres.

— Ma chère, et si vous repreniez votre forme humaine ?

Lena leva un de ses pieds griffus, puis l'autre. Elle adorerait, mais vu que ses vêtements avaient été déchirés durant la métamorphose...

Ariana fit signe à son chauffeur, qui sortit quelque chose de l'arrière de la voiture. Une couverture ?

Un peignoir, découvrit-elle quand Sergio la conduisit derrière la Land Rover pour qu'elle ait un peu d'intimité. Apparemment, les métamorphes avaient appris à être prévoyants avec ces petits aléas.

— Tu te souviens de ce que j'ai dit ? Concentre-toi sur tes doigts. Imagine-toi humaine.

Pendant une longue et terrifiante minute, Lena resta figée, inquiète de ne jamais réussir à retrouver son propre corps. Mais le murmure calme de Sergio l'aida à s'apaiser et elle ferma les yeux pour se concentrer. Des doigts... des doigts avec des articulations qui lui permettaient de tenir la main de son amant. Des lèvres humaines lisses, qui pourraient embrasser chacun de ses bleus. Des cheveux humains soyeux où il pourrait passer les doigts comme il l'avait déjà fait...

Elle n'avait jamais vraiment aimé son corps, elle vivait avec, mais à ce moment-là, elle ne voulait rien d'autre que le retrouver avec toutes ses imperfections. Sa bouche trop grande, ses épaules osseuses, ses cuisses. Toutes les choses qui faisaient qu'elle était *elle*, elle voulait les retrouver, désespérément.

— Lena, chuchota Sergio en lui caressant la joue.

Elle déglutit, trop inquiète pour poser les yeux sur lui. Mais quand il l'embrassa...

Ses nerfs tendus s'apaisèrent et ce fut comme si son âme entière soupirait de soulagement. Ce n'était pas seulement que la bouche de Sergio était agréable. C'était aussi que la sienne était redevenue normale.

Elle ouvrit les yeux alors qu'il passait le peignoir autour d'elle et attachait délicatement la ceinture.

— Tu es prête ? demanda-t-il en désignant l'avant de la voiture d'un signe de la tête.

Elle baissa les yeux sur son corps. Faire face aux Gardiens en peignoir ? Non, elle n'était pas prête pour ça, mais quel autre choix s'offrait à elle ? Elle suivit Sergio, faisant de son mieux pour paraître peu impressionnée. Heureusement, c'était un peignoir élégant, fait d'un tissu fluide, comme la toge la plus chic du monde. Et avec la main de Sergio qui tenait fermement la sienne, elle se sentait déjà un peu moins inquiète.

Elle s'arrêta ensuite en regardant le dernier des gardes de Vicente, Tolino, celui qui n'avait jamais quitté son patron. Il avait repris forme humaine, et comme Sergio, il portait désormais un pantalon et restait torse nu. Lena regarda autour d'elle, alarmée. Personne ne le surveillait ?

Ariana se contenta de lui adresser un signe de la tête, le saluant avec un sourire chaleureux.

— Tolino.

— *Signora,* répondit le métamorphe avec une petite révérence.

Lena fronça les sourcils. Une seconde. Il ne faisait pas partie des méchants ?

Quand Ariana se tourna vers elle pour l'observer, elle se tendit.

— Ce n'est pas la Veilleuse du feu que nous pensions trouver...

Ce mot, encore une fois. « Veilleuse du feu ». Lena faillit lever la main pour demander, mais Remo, le plus costaud des Gardiens, fit signe à Tolino de le rejoindre. Il écouta ce que l'homme lui chuchotait, puis son visage vira au rouge. Un instant plus tard, Remo s'approcha avec fureur.

— Rien ici n'est ce que nous pensions ! lança-t-il d'une voix rageuse.

Ariana fronça les sourcils.

— Comment ça ?

Remo pointa Sergio du doigt.

— Encore une preuve que tout reste dans la famille.

Lena serra les doigts de Sergio plus fort. C'était quoi, ce bordel ?

Sergio s'assombrit.

— Qu'est-ce que vous sous-entendez ?

Remo laissa échapper un rire sec.

— Je suppose que c'est une coïncidence si vous, Vicente et les Lombardi vous êtes tous retrouvés ici au même moment.

— Une seconde, intervint Lena en levant une main.

— Ce n'était pas une coïncidence, rétorqua Sergio. Ils nous ont suivis ici. Nous les avons combattus.

— Et vous pensez que je vais vous croire ? grogna Remo.

Un mauvais pressentiment envahit Lena.

— De quoi parlez-vous ?

Remo se tourna vers Ariana, pointant toujours Sergio du doigt avec insistance.

— Vicente et lui étaient de mèche depuis le début. Vicente de l'extérieur et Sergio de l'intérieur.

— De quoi ?! lâcha Sergio, incrédule.

Mais Remo continua sur sa lancée sans prendre la peine de les écouter.

— Vous vous êtes allié à Vicente pour récupérer notre Veilleuse du feu, n'est-ce pas ? Je ne peux qu'imaginer ce que vous comptiez faire ensuite. Un coup d'État ? Vous comptiez donner le contrôle de la ville aux Lombardi, et eux vous auraient donné le champ libre pour vos sales petites affaires.

— Ne soyez pas ridicule, intervint Lena, Sergio n'aurait jamais...

— Est-ce que vous savez au moins qui est ce type ? la coupa Remo en regardant les autres Gardiens, désignant toujours Sergio. Qui est sa famille ? Non seulement il est lié à cette ordure de Vicente...

Ariana et les autres froncèrent les sourcils, surpris.

— Mais il vous a également attirés ici pour comploter avec ses alliés secrets.

— Quels alliés ? s'énerva Sergio. Nous venons de les combattre.

— Ou vous avez donné cette impression, fit Remo avec mépris.

— Vous n'êtes pas sérieux ! s'exclama Lena, les mains sur les hanches, en fusillant Remo du regard.

Ariana s'interposa d'une main entre les deux hommes.

— Allons, allons, Remo. Nous n'avons aucune preuve...

— Réfléchissez-y, insista Remo. Il vient de tuer son propre cousin.

— Cousin ? répéta Dante, sourcils froncés.

Remo fit un signe de la tête vers Tolino, qui l'avait de toute évidence informé.

— Oui, son propre cousin. Exactement comme Sergio a tué son oncle. Et qui sait ? Il a tout aussi bien pu tuer son propre père !

— J'avais sept ans quand il est mort, rétorqua Sergio.

— *Signore,* murmura Tolino d'un ton urgent, mais Remo lui fit signe de se taire.

— Signore Monserratti a parfaitement pu comploter avec les Lombardi depuis le début. Pensez à toutes les choses qu'il a pu entendre lors de nos réunions. C'est exactement ce que je disais depuis le début. On n'aurait jamais dû accepter ce criminel dans notre cercle.

— Criminel ?! répéta Sergio, furieux, en avançant doucement.

Marco s'interposa entre eux, hérissé de colère.

— Cet homme vient d'éliminer votre plus grand ennemi. Il a sauvé votre Veilleuse du feu. Bon Dieu, loup, est-ce que vous vivez toujours à l'époque où un homme était jugé sur ses origines plutôt que ses actions ?

La barbe de Sergio s'épaissit et Lena imaginait parfaitement ce qui allait se passer. Il se métamorphoserait, offrant une excuse idéale à Remo pour se battre. Pire encore, cela donnerait une certaine crédibilité à ses paroles complètement folles. Marco se précipiterait aux côtés de Sergio, et les choses iraient de mal en pis.

— Stop. Attendez.

Elle se plaça entre eux.

— Tout le monde se calme.

Rapidement, elle attrapa la main de Sergio pour le pousser à rester lui-même.

— On ne se transforme pas, chuchota-t-elle. Des doigts. Des doigts humains. Concentre-toi.

Sergio semblait sur le point d'exploser, toutefois à son contact, son regard glacé se réchauffa.

— Ça n'en vaut pas la peine, continua-t-elle. On va démêler tout ça.

Ariana regarda Remo en fronçant les sourcils.

— Vos allégations sont en effet très graves.

— Aussi graves que le complot dont il faisait partie, grogna Remo.

Lena se tourna vers lui, luttant contre sa propre fureur.

— Vous avez tort. Il m'a sauvé la vie.

Remo ricana et fit signe à ses gardes.

— On verra bien ça.

Ariana se rapprocha, dépassant les gardes d'un pas. Comme Lena, elle posa une main sur le bras de Sergio.

— Faites ce que dit la Veilleuse du feu. Je vous promets que nous trouverons le fin mot de cette histoire.

Sergio et Lena ouvrirent la bouche pour protester, car les gardes étaient sur le point de les séparer. Mais si elle perdait son sang-froid, Sergio exploserait, ce qui justifierait les accusations de Remo.

— Tout ira bien. On a juste besoin d'une chance de s'expliquer, souffla-t-elle.

Le regard de Sergio lança des éclairs.

— Et tu crois vraiment qu'ils écouteront ?

Remo, non. Mais Ariana le ferait. Un seul regard dans les yeux de la vieille dame le lui assura.

— Oh, vous allez vous expliquer, cracha Remo, la voix chargée de menaces. Gardes, emmenez-le.

Chapitre 13

Sergio tournait en rond dans la petite pièce où Marco et lui avaient été escortés, dans l'enceinte du QG des Gardiens à Rome. Il avait dû puiser dans toute sa volonté pour rester calme et ne pas attaquer les gardes pour rejoindre Lena en cognant quiconque se mettrait en travers de son chemin.

Où les Gardiens la maintenaient-ils ? Est-ce qu'elle allait bien ? Avait-elle eu une chance d'expliquer ce qui s'était réellement passé ?

Au fond de lui, il sentait qu'elle allait bien. Il l'aurait su si elle avait été en danger. Pourtant il ne s'apaiserait pas tant qu'il ne l'aurait pas vue, saine et sauve, de ses propres yeux.

Son loup hurla. *Tue Remo. Trouve Lena. Conduis-la loin d'ici.*

Il était à un doigt seulement de mettre ce plan fou à exécution. Un plan suicidaire même, parce que c'était exactement ce que Remo attendait : qu'il craque.

— Qu'est-ce qui se passe ? grogna Marco, juste assez bas pour que les gardes à l'extérieur ne l'entendent pas.

Ils avaient tous les deux été conduits dans cette petite pièce semblable à une cellule, et on leur avait donné des vêtements, du pain, de l'eau, mais aucune bribe d'information sur ce qui se passait et les attendait. Étaient-ils prisonniers ? Et si c'était le cas, pour quel crime ?

Sergio grimaça.

— Mon oncle Salvatore, le père de Vicente, a assassiné le frère de Remo. On peut dire qu'il a une dent contre ma famille.

— Tu n'es pas ta famille, insista Marco. Tu n'es pas un criminel.

Sergio leva les mains, impuissant. Il le savait, néanmoins la rancœur que nourrissait Remo à l'égard de sa famille était tenace.

Par le passé, il aurait écouté son côté animal et se serait battu sans hésiter. Mais Lena avait raison, ça ne ferait qu'envenimer la situation.

Son seul espoir reposait sur Ariana. Elle avait toujours été la voix de la sagesse parmi les Gardiens.

Croyez-moi, avait-elle promis du regard. *Croyez au destin.*

Il faillit donner un coup de poing dans la porte. Le destin s'était joué de lui toute sa vie, pourquoi y croire aujourd'hui ?

D'un autre côté, il faisait confiance à Ariana. Et si elle ne parvenait pas à influencer les autres Gardiens...

Alors on tue Remo. On trouve Lena. On s'enfuit, grogna son loup, impatient de passer à l'action.

— Je n'arrive pas à le croire, murmura Marco en frappant le mur. Nous avons repoussé la plus grande menace à l'encontre des Gardiens, et c'est nous qu'on traite comme des suspects.

Il était furieux, toutefois sa voix retomba, plus basse et rauque, quand il continua :

— On pourrait s'échapper de là en un rien de temps, tu sais.

Sergio hocha la tête avec lassitude.

— On pourrait, mais ils ont Lena.

Un long silence suivit, et Marco n'eut pas besoin de parler pour se faire comprendre. Pourtant, son ami s'approcha et lui saisit l'épaule.

— Très bien. On la récupérera en nous enfuyant. On ira au Portugal. Que ces foutus Gardiens essaient de nous arrêter.

Sergio pencha la tête.

— Qu'est-il advenu de « Elle n'en vaut pas la peine » ? « C'est une erreur » ?

Marco leva les yeux au ciel.

— L'amour est une erreur, mais jamais je ne les laisserai te traiter de cette façon.

Un petit sourire chassa son froncement de sourcils. Marco et lui étaient comme des frères et il savait qu'il pourrait toujours compter sur lui.

De vrais frères, grogna son loup en pensant à Vicente. La biologie ne lierait jamais autant deux hommes que le fait de se battre ensemble.

Il tapota l'épaule de Marco, puis regarda la porte avec lassitude.

— *Grazie,* mais non. On doit attendre.

C'était un test, il le savait. Encore un, le plus crucial de tous, sûrement. Le destin vérifiait s'il était digne de l'amour d'une Veilleuse du feu.

— Je ne comprends toujours pas pourquoi c'est nécessaire, souffla Marco.

Sergio serra les dents.

— Ma famille a été bannie de Rome pour l'éternité. Ils m'ont seulement accepté ici pour suivre Vicente.

— Et maintenant, ils t'accusent de comploter contre eux ? fit Marco en grognant. Ils sont fous ?

Sergio soupira.

— Remo, sans doute. Quant aux autres...

Il laissa sa phrase en suspens. Il était si sûr d'avoir enfin gagné la confiance des Gardiens, mais désormais, tout était remis en question...

Il s'appuya contre le mur, épuisé. Curieusement, il n'en avait plus rien à faire de tout cela. Tout ce qui lui importait, c'était Lena. Où était-elle ?

Des pas résonnèrent à l'extérieur et Marco et lui dressèrent les oreilles. Sans un mot, ils se placèrent de chaque côté de la porte, prêts à affronter n'importe quoi et n'importe qui.

Mais le garde qui ouvrit n'était pas armé ni menaçant. Il leur fit simplement signe de le suivre.

— Les Gardiens aimeraient vous voir.

Sergio lança un regard à Marco. C'était surréaliste. Malgré tout, s'ils voulaient leur parler, cela signifiait sûrement qu'ils avaient tranché : allaient-ils être dans de plus gros ennuis encore, ou repartir libres ?

Le quartier général des Gardiens s'étendait sur une large zone, et le trajet jusqu'à la chambre du conseil prit une éternité. Les jambes de Sergio semblaient être faites en plomb et ses épaules lui faisaient mal après toutes les profondes entailles que

Vicente lui avait faites. Mais lorsque le doux parfum de jasmin et laurier-rose flotta jusqu'à lui, les douleurs s'évaporèrent. Il accéléra le pas, puis courut. Quand il arriva à la porte de la chambre du conseil, c'était au galop.

Marco soupira derrière lui.

J'espère qu'elle en vaut la peine.

Sept têtes se tournèrent vers lui quand il entra à toute allure, et deux gardes se précipitèrent sur lui, cependant Sergio ne remarqua qu'une seule personne. Lena. Inquiète, mais soulagée ; épuisée, mais heureuse à la fois. Tout se mélangeait sur son visage et dans son esprit, comme pour lui.

— Sergio, murmura-t-elle.

Ou l'avait-elle crié ? Il n'aurait su le dire, pas quand elle se précipitait vers lui et lui vers elle, sous les sauts de joie du loup en lui.

En trois pas, ils se retrouvèrent dans une étreinte serrée. Une de ces étreintes qui voulaient dire que rien ne les séparerait plus jamais, et qui duraient une éternité. Toutes les personnes présentes dans la pièce disparurent, et il ne restait plus qu'eux et son pouls qui battait à ses oreilles.

Je suis chez moi, murmura le loup. *C'est comme rentrer chez moi.*

Il l'enveloppait entièrement de ses deux bras et respirait son parfum.

— C'est bon de te revoir, chuchotait-elle en boucle.

C'est bon de te serrer dans mes bras, aurait-il répondu s'il avait été en mesure de parler.

— Tu vas bien ? demanda-t-elle en pressant sa joue contre la sienne.

Honnêtement, il n'en était pas sûr. Il n'avait jamais été aussi heureux et inquiet de ce qui les attendait ensuite. C'était un sentiment nouveau, parce que les hommes comme lui ne passaient pas beaucoup de temps à réfléchir à l'avenir. Les jours dénués de sens s'enchaînaient l'un après l'autre.

Avoir une compagne changeait tout, car subitement, le futur était empli de lumière, de magnifiques possibilités qu'il ne voulait sincèrement pas manquer.

— Tu vas bien ? réussit-il à articuler. Où t'ont-ils conduite ?

Elle le serra plus fort.

— Ça va. Vraiment. Ariana s'en est assurée.

Sergio relâcha doucement son souffle. Ariana. Il devait déjà tant à cette louve pleine de sagesse, et sa dette doublait, car elle avait pris soin de sa compagne.

— Tout ira bien, chuchota Lena. Tu verras.

Pourtant, Sergio restait sur ses gardes. Quand une semelle racla le sol derrière eux, il se tourna, prêt à lutter pour fuir le bâtiment. Mais c'était Ariana et elle avait une expression douce, compréhensive même.

— Signore Monserratti, Signorina Castamolino. Permettez-moi de vous présenter mes excuses pour le... contretemps de ce matin.

La louve aux cheveux argentés lança un regard acéré à Remo.

Ce dernier était installé à une table massive en chêne, les bras croisés et grimaçant.

Sergio grogna doucement, mais s'arrêta quand Lena lui serra la main.

— Je suis sûre que vous pourrez comprendre que les événements de ce matin ne nous ont guère laissé le temps de nous organiser convenablement ou d'analyser ce qui se passait, continua Ariana. Maintenant que nous avons discuté, nous aimerions vous féliciter pour votre réaction rapide. Un de nos ennemis, Vicente, a été éliminé, et une autre menace importante a été repoussée.

— Les Lombardi, murmura Marco. Et cette dragonne, Jacqueline. Où sont-ils, maintenant ?

Dante, l'ancien dragon, fit un signe vers l'ouest.

— Mon fils les a pourchassés sur la mer Tyrrhénienne jusqu'à Stromboli.

Sergio visualisa l'île volcanique lointaine, avec sa cheminée qui fumait.

— Et ensuite ?

Dante secoua la tête.

— Hélas, il a dû faire demi-tour, mais nous avons contacté les Gardiens de Sardaigne pour prendre la suite.

— Si vous m'aviez laissé les poursuivre, on n'aurait pas eu à référer cette affaire, grogna Marco.

Tout le monde se tourna rapidement vers Remo sans dire un mot.

— J'ai fait ce que j'estimais être le mieux pour la ville, grogna ce dernier pour se défendre. Tout semblait indiquer une trahison.

Ariana parla de sa voix apaisante.

— Votre inquiétude est admirable, Remo. Cependant, elle était déplacée. Signore Monserratti a sauvé notre Veilleuse du feu.

Sergio renâcla.

— Elle s'est sauvée toute seule.

Lena secoua la tête.

— C'est uniquement grâce à ce que tu m'avais dit. Si tu n'avais pas arrêté Vicente et que Marco n'avait pas retenu les autres...

Elle trembla.

— Disons que c'était un travail d'équipe.

— Voilà qui est parlé comme une véritable Veilleuse du feu, dit Ariana avec un sourire.

Le cœur de Sergio se pinça. Personne ne pouvait être plus fier de Lena que lui, néanmoins il y avait un problème. Les Gardiens n'approuveraient jamais l'union d'une Veilleuse du feu avec un Monserratti. Jamais.

— Je ne suis toujours pas certaine de ce que cela implique, admit Lena.

Ariana opina lentement.

— Toutes mes excuses. Nous oublions combien cela est nouveau pour vous. Vous êtes une Veilleuse du feu, descendante de la grande Reine Liviana qui a assigné chacune de ses filles à une grande ville d'Europe pour qu'elles la protègent.

Lena déglutit et Sergio lui serra la main. Elle était née pour ce travail, elle ne le savait tout simplement pas encore.

— Liviana a engagé les sorcières les plus puissantes de son époque pour lancer un sort de protection sur ses filles, ses petites-filles, et toutes les femmes qui naîtraient dans la famille. Sa magie couvre toujours la cité, mais son pouvoir est fluctuant. Quand une Veilleuse du feu vit ici, le sortilège est ravivé, et les protections sont étendues à l'intégralité de la ville.

— Alors, qu'attendez-vous de moi ? demanda Lena.

— Que vous vous installiez à Rome. Aimez la ville autant que nous l'aimons, faites-en votre foyer. Et un jour, dans l'idéal, ayez des enfants.

Le regard d'Ariana pétilla.

— Le sort est à son paroxysme quand la Veilleuse a des enfants, parce que son instinct de protection rappelle au pouvoir de préserver la cité.

Sergio surprit le regard insistant de Lena dans sa direction. *Des enfants ?* demanda-t-elle avec ses yeux. *Tu es prêt pour ça ?*

Son loup chanta de bonheur. *Quand tu seras prête, je le serai aussi, ma compagne.*

Puis elle rougit et baissa les yeux, et Sergio compatissait. C'était un sujet dont ils devraient discuter en privé, et non au milieu de tous ces Gardiens grincheux.

— Avec une Veilleuse du feu sur place, la cité vit ses plus grandes périodes de paix et de stabilité, continua Ariana. Mais sans elle, le pouvoir décroît et notre travail de Gardiens devient plus difficile.

Le silence s'abattit dans la chambre du conseil et tous les Gardiens observèrent Lena, comme s'ils attendaient déjà une réponse.

— Qu'en pensez-vous, ma chère ? demanda doucement Ariana. Resterez-vous à Rome en tant que Veilleuse du feu, avec tout ce que cela implique ?

— Oui, qu'en pensez-vous ? demanda Gaius.

Sergio faillit avancer d'un pas pour qu'ils lui laissent un peu d'espace, mais elle leva le menton et rendit un regard assuré à ces illustres anciens.

— J'imagine que ça ne me dérangerait pas de rester, dit-elle enfin.

Elle demeurait calme et assurée, cependant Sergio pouvait la sentir sauter intérieurement de joie. Son loup agitait sauvagement la queue et il faillit sourire plutôt que de conserver son regard d'avertissement.

C'est à elle de choisir, disait-il de tout son corps.

Le vieux Dante, complètement myope, s'emballa immédiatement comme si c'était décidé.

— Nous devons aussi discuter d'un compagnon approprié pour notre Veilleuse du feu. Par exemple, mon fils. Qui de mieux placer pour s'unir à une Veilleuse qu'un dragon de sang noble?

Sergio grogna et Lena leva une main.

— Pardon?

Marco leva les yeux au ciel et répondit :

— Qu'on puisse vouloir une compagne me dépasse complètement, mais il vaut sans doute bien mieux laisser cela au destin.

Sergio repensa à la première fois où il avait vu Lena. Le destin. Plus jamais il ne maudirait cette force.

— Ou un métamorphe aigle, ajouta Gaius en se frottant le menton. Imaginez les possibilités.

— Ne soyez pas ridicules, contra Ernesto Orsini.

Pendant une seconde, Lena sembla sur le point de l'enlacer, mais le métamorphe ours reprit aussitôt :

— Un dragon serait plus sensé. Et il va sans dire que son compagnon doit venir d'une classe noble.

Tout le monde parlait en même temps, chacun allait bon train sur les suggestions pour l'avenir de Lena. Sergio serra les poings, prêt à les faire taire avec un grognement féroce.

Mais Lena fut plus rapide, elle s'éclaircit la gorge avec force et tout le monde se tourna.

— En fait, j'ai déjà trouvé mon compagnon. Donc, merci, mais je suis prise.

Elle accrocha le bras à celui de Sergio et lui tapota le torse.

Sergio se gonfla de fierté.

Vous voyez? Elle m'aime. Elle me choisit, gargouilla le loup.

— Mais... commença Dante

— Mais... ajouta Ernesto.

— Mais quoi? grogna Lena.

Sergio leur lança un regard noir.

— Ma chère... tenta Dante. Vous êtes si jeune. Si nouvelle dans le monde des métamorphes. Comment pourriez-vous savoir ce qui est le mieux pour vous ?

Ariana leva une main.

— Elle a le regard des Clairvoyants. Bien sûr qu'elle sait ce qui est le mieux.

Ariana se pencha vers Dante.

— Vous n'aviez pas remarqué ?

— Une Clairvoyante... fit Dante, bouche bée.

Même Ernesto semblait frappé de stupeur.

Sergio contempla Lena, émerveillé.

Quant à l'intéressée, elle regarda autour d'elle, clignant des paupières comme un lapin pris dans les phares d'une voiture.

— C'est quoi, une Clairvoyante ? chuchota-t-elle à son oreille.

Chapitre 14

Les lèvres de Sergio bougèrent, mais il ne parvint pas à prononcer le moindre mot. Il savait déjà qu'elle était incroyable, ce n'était plus une surprise. Mais une Clairvoyante, en plus d'être une Veilleuse du feu ?

Ariana hocha la tête avec son air sage.

— Être une Clairvoyante, c'est avoir le don de voir dans l'âme même d'un homme. Un talent rare, en effet. Dites-moi, qu'avez-vous pensé de Vicente ?

Lena fronça les sourcils.

— Le mal. Le mal absolu.

— Et Jacqueline ?

Lena fit un signe pour montrer son indifférence.

— Je n'ai vu que de la cupidité.

Ariana désigna Remo.

— Que voyez-vous en lui ?

Sergio faillit grogner. Il savait très bien ce que lui voyait en Remo.

— Comment ça, moi ? s'enquit le Gardien en se redressant, hérissé.

Mais Ariana ne laissa rien transparaître.

— Que voyez-vous ?

Lena hésita, puis observa Remo avec réticence. Leurs regards se croisèrent, et pendant un instant, ils restèrent figés, comme si le temps s'était arrêté autour d'eux.

Enfin, elle se secoua légèrement et répondit à voix basse :

— Je vois le devoir, l'honneur. Mais aussi, de la douleur.

Elle se tut un instant.

— Par-dessus tout, je vois un homme dévoué à sa cause.

Remo relâcha doucement son souffle, puis se tendit quand Lena termina.

— Un homme qui peut parfois être un peu irréfléchi.

— Irréfléchi ?! hurla Remo.

Ariana éclata de rire.

— Oh, c'est bien notre Remo, oui.

Lena opina lentement du chef avant de se tourner vers Sergio.

— Vous me rappelez Sergio, d'une certaine façon. C'est un truc de famille... ou plutôt un truc de loup ?

Sergio fronça les sourcils. Il n'était en rien semblable à Remo. Ce dernier semblait tout aussi insulté. Quant aux autres, ils rirent de bon cœur.

— Totalement un truc de loup, fit Marco en souriant.

Hé ! grogna Sergio dans l'esprit de son ami. *T'es de quel côté ?*

Du tien, lui assura celui-ci. *Mais elle a raison, tu sais.*

Sergio leva un sourcil de défi.

Je devrais peut-être lui demander ce qu'elle voit en toi ?

Rapide comme l'éclair, Marco leva les deux mains.

Peut-être une autre fois.

Ariana fit taire le brouhaha où chacun demandait à Lena d'étudier telle ou telle personne.

— Le don de Clairvoyance ne doit pas être pris à la légère. Je crois que je vous ai convaincus.

— Je ne pense toujours pas qu'il soit un compagnon convenable, gronda Dante en regardant Sergio.

Dommage pour vous, faillit-il grogner.

— Ce que vous pensez n'a que peu d'importance, répliqua joyeusement Ariana. Nous sommes dans une nouvelle ère, mon ami, où les amants se choisissent mutuellement plutôt que d'être imposés.

— À mon époque... commença Dante, toujours amer.

Ariana le coupa.

— Notre Veilleuse du feu est plus capable que n'importe qui d'autre de juger si un homme est bon pour elle ou non.

— Êtes-vous consciente de ses origines familiales ? demanda Dante.

Sergio grinça des dents. Serait-il un jour libéré de ce poids ?

Lena lui serra la main, rayonnant presque.

— Je suis bien consciente de son courage, de son honnêteté, et de sa dévotion envers vous. *Vous.*

Elle désigna chaque métamorphe de la pièce jusqu'à ce qu'ils se taisent tous.

— Sergio était prêt à donner sa vie pour protéger Rome, et me protéger moi.

Elle se tut une seconde avant de poursuivre.

— Personne ne peut choisir sa famille, mais on peut choisir le chemin que prendra notre vie. Et, regardez...

Elle désigna Sergio.

— Réfléchissez bien. Y a-t-il une chose que Sergio a mal faite ?

Elle planta son regard sur Remo. Sergio s'attendait à des protestations, cependant le vieux loup revanchard baissa la tête.

— Non, admit-il. Je n'en vois pas.

Sergio écarquilla les yeux. Pouvait-il croire que Remo ait changé d'avis ?

Ariana, comme toujours, semblait lire dans ses pensées.

— J'aimerais remercier le témoin qui nous a permis de régler ce malentendu.

Elle fit signe vers une silhouette qui se tenait dans un coin de la pièce.

— Tolino, approchez.

Sergio se mit aussitôt aux aguets.

— Tolino, grogna-t-il alors que cette armoire à glace de métamorphe avançait. Qu'est-ce qu'il fout ici ? Il travaille pour Vicente.

— Non, il travaille pour nous, fit Ariana avec un sourire. Pensiez-vous vraiment que nous enverrions un seul homme infiltrer l'organisation de Vicente ?

Tolino lui adressa un sourire désolé. Et tout à coup, tout s'éclaira. La manière dont il était resté à l'écart pendant le combat. La manière dont il s'était placé devant Lena quand le diamant avait brillé sur le yacht de Vicente, pour que celui-ci ne le voie pas.

Tolino tendit la main, et lentement, avec incrédulité, Sergio la serra.

— Je leur ai parlé de la proposition de Vicente et de ta réponse, lança-t-il de sa voix basse et rauque.

Il se tourna ensuite vers Remo.

— Cet homme n'est pas plus un traître que vous ou moi.

Remo pinça les lèvres.

— J'ai bien compris.

Ariana lança un regard exaspéré à son collègue, toutefois Sergio comprenait. Il aurait eu tout autant de mal à ravaler sa fierté. Un autre truc de loup, ça ne faisait aucun doute.

Marco, en revanche, donna un coup de poing sur la table.

— C'est tout ? Vous traitez un homme comme de la vermine, et tout à coup, tout va bien ?

Sergio laissa échapper un soupir. À une époque, il aurait été tout aussi furieux que Marco. Mais désormais, il avait Lena, qui apaisait certaines de ses émotions et donnait vie à d'autres. La colère et la frustration ne le frappaient plus avec la même férocité, quand la joie tourbillonnait en lui sans avoir à faire le moindre effort.

Il leva une main, indiquant à Marco que tout allait bien. Il avait sa compagne. Rien d'autre n'importait.

Ariana acquiesça avec tristesse.

— Les accusations de Remo sont regrettables, mais compréhensibles, je pense. Malgré tout, nous devons regarder vers l'avant et non vers le passé. Signore Monserratti, que diriez-vous de prolonger votre contrat ? De façon permanente, je veux dire.

Les autres acquiescèrent, et même Remo ne protesta pas.

Sergio demeura bouche bée. Il pourrait rester à Rome... pour toujours ?

Ariana sourit.

— Nous avons besoin de sang neuf pour nous aider à protéger Rome. Un point de vue nouveau.

Les lèvres de Sergio bougèrent, mais aucun son n'en sortit. Il arrivait à peine à réfléchir, ses pensées étaient confuses. Passer de tout juste toléré à bienvenu, avec un travail à durée indéterminée, cela dépassait ses rêves les plus fous. Il regarda Lena, dont les yeux s'emplissaient de fierté.

— Je crois que c'est un oui, dit-elle en souriant.

Oh que oui ! Sergio ferma les yeux. La pire matinée de sa vie devenait tout à coup la meilleure. Il avait gagné le cœur de sa compagne *et* des Gardiens de Rome.

— Ce serait un honneur, réussit-il enfin à prononcer.

Ariana se tourna vers Lena.

— Ce qui nous ramène à vous, ma chère fille.

— Moi ? répliqua Lena, les lèvres tremblantes.

Sergio passa les bras autour d'elle. Quoi qu'Ariana puisse lui demander, il serait là pour protéger sa compagne.

Ariana lui sourit tendrement.

— Il y a une chaise vide qui attend d'accueillir une personne à notre table. Quand vous serez prête, bien sûr.

— Prête pour... ? demanda Lena en se mordant la lèvre.

Ariana se leva et tira la chaise libre.

— Prête à remplir votre rôle de Veilleuse du feu, et prête à suivre l'héritage de votre père.

— Mon père ? demanda-t-elle vivement en levant la tête.

Sergio fut aussi surpris que sa compagne. Le père de Lena ?

Ariana acquiesça.

— Leonardo D'Accardi, un ami qui nous manque de tout notre cœur et un Gardien légendaire. Il est mort en protégeant la ville, vous savez.

Lena et Sergio écarquillèrent les yeux. Lena était la fille de Leonardo D'Accardi, un dragon qui descendait de la légendaire Liviana, la reine de tous les dragons ?

Plusieurs gardiens vocalisèrent leur surprise.

— Son père ? Comment est-ce possible ? Leonardo n'a eu aucun héritier.

Ariana secoua tristement la tête.

— Leonardo cachait bien ses secrets. Il n'a pas eu d'autres choix, pour protéger la vie de sa fille. Je suis la seule à qui il en a parlé.

Lena secoua la tête.

— Mon père nous a abandonnées, ma mère et moi, avant ma naissance. Il l'a fait volontairement. Quel genre d'héritage cela peut-il être ?

Ariana regarda la chaise vide avant de se tourner vers elle, le visage grave.

— Votre père ne vous a pas abandonnée, mon enfant. Il prenait fébrilement ses dispositions pour vous protéger quand il s'est fait tuer.

Le regard de Lena sembla lancer des éclairs.

— Il voulait un fils. À l'instant où il a découvert que ma mère attendait une fille, il l'a fait partir aussi loin que possible.

— Pour vous protéger de ses ennemis, expliqua Ariana.

Sergio passa un bras sur les épaules de Lena quand ses genoux commencèrent à trembler.

— Mais ma mère a dit...

— Elle l'ignorait. Elle ne devait pas savoir. Si les ennemis de Leonardo avaient su qu'il avait une fille... la première dragonne née de sa noble lignée depuis des générations...

Ariana laissa ses paroles en suspens avant de soupirer.

— Il devait renoncer à vous. Il m'a confié son secret, à moi, et moi seule. Peu après, il s'est fait tuer. Malheureusement, il avait si bien masqué les traces de votre mère que je n'ai pas pu la retrouver pour vous offrir mon aide.

Lena ferma les yeux et une larme solitaire coula le long de sa joue.

— Tout ce temps, nous avions tort à son sujet.

Elle s'essuya les yeux.

— Ma pauvre mère pensait qu'il nous avait abandonnées.

— Il l'aimait, dit Ariana avec douceur. Tellement qu'il a trouvé la force de la faire partir au loin. Le sacrifice ultime pour qu'elle soit en sécurité, pour que vous le soyez toutes les deux.

Lena déglutit, et Sergio l'imita. Sa famille n'avait peut-être pas été exemplaire, mais sa mère avait fait de son mieux, et il connaissait parfaitement le poids et la douleur des sacrifices.

— Ça colle tout à fait à Leonardo, soupira Gaius. Et la gemme...

Lena prit son diamant dans la main.

— Elle ?

Gaius opina.

— Le diamant d'Eruzzi, du trésor d'Augusta, une Veilleuse du feu qui descendait directement de la reine Liviana.

— Le trésor a été transmis à Leonardo, descendant direct de cette branche familiale, ajouta Dante.

— Les gemmes ensorcelées s'activent quand une Veilleuse du feu, n'importe laquelle, la touche, expliqua Ariana. Mais seule l'héritière de Leonardo pouvait lui redonner tout son pouvoir pour qu'il brille autant.

— Une héritière digne, contrairement à cette Amber, marmonna Dante avec dégoût.

Lena hoqueta et se couvrit la bouche.

— Oh, Seigneur, Amber ! Est-ce qu'elle va bien ?

Tolino s'approcha avec une expression amusée.

— J'ai demandé à un officier subalterne de la conduire en sécurité quand Vicente a quitté le yacht.

Il éclata de rire.

— La seule personne pour qui on devrait s'inquiéter, c'est ce garde. Si Amber joue de ses, hum... charmes sur lui...

Sergio pouffa de rire. Il s'estimerait heureux s'il n'avait plus jamais à affronter Amber de sa vie.

— « Charmes » n'est pas vraiment le mot.

Pendant ce temps, Lena passa un doigt sur la surface de la gemme.

— J'ai senti son pouvoir. Je l'ai senti quand je volais.

Sergio regarda la pierre. Il avait lui aussi senti son pouvoir. L'air avait presque vibré d'électricité, et lui avait donné de l'espoir durant le moment le plus désespéré de la bataille.

— Le pouvoir de vos ancêtres était avec vous, ma chère, dit doucement Ariana.

Sergio se rejoua la scène dans son esprit. Il n'avait aperçu que des brides du combat entre Lena et Enzo pendant qu'il s'occupait de Vicente, néanmoins ce qu'il avait vu l'avait impressionné. Lena était bien trop novice en métamorphose pour voler et se battre comme elle l'avait fait. Mais avec l'aide du diamant... tout s'expliquait.

— Tu as réussi, chuchota-t-il avant de lui embrasser la main.

Elle semblait dubitative.

— Grâce au diamant.

Ariana secoua la tête.

— Même le sort le plus fort ne peut pousser un lâche à combattre. N'êtes-vous pas d'accord, Signore Monserratti ?

Sergio acquiesça vivement et Ariana sourit à Lena.

— C'était votre propre force qui vous a guidée.

Lena prit une profonde inspiration et sa poitrine se gonfla. Son regard se posa ensuite à nouveau sur la gemme.

— Mon père...

Quand elle leva les yeux, ceux-ci brillaient de larmes.

— Comment est-il mort ?

Remo se racla la gorge de façon bourrue.

— Il y a une génération, la mafia métamorphe s'agrandissait si vite qu'il fallait faire quelque chose.

Sergio donna un coup de pied sur le sol. Sa famille... encore.

— Leonardo a accepté une mission, ajouta Remo. Et il progressait dans le démantèlement de l'organisation. Il traduisait en justice les dirigeants, l'un après l'autre. Puis, une nuit, il est tombé dans un piège de Salvatore Monserratti...

Remo laissa sa phrase en suspens, jetant un coup d'œil vers Sergio.

Celui-ci se raidit. Salvatore était son oncle, l'oncle qu'il avait été forcé de tuer. Il regarda Lena. Était-ce une pure coïncidence ou bien un coup du destin s'il avait sans le savoir vengé son père ?

— Donc, la boucle est bouclée, déclara Ariana, brisant le silence qui suivit. Nous avons perdu un homme bon, mais nous avons trouvé sa fille. Elle sera une Gardienne tout aussi précieuse quand son heure viendra.

Ariana désigna la chaise inoccupée et Lena passa lentement les doigts sur le dossier en chêne.

— Vous auriez bien sûr besoin d'être formée, murmura Ariana. Il y a tant à apprendre sur notre histoire et tant de choses que vous devez connaître sur le monde des métamorphes. Mais, quand vous serez prête, ce siège sera le vôtre.

Lena ouvrit et ferma la bouche, incapable de prononcer un seul mot.

— Oui, c'est beaucoup à encaisser, dit Ariana. Et la matinée a été longue. Nous devrions peut-être reprendre cette discussion demain. Qu'en dites-vous, messieurs ? Assez pour aujourd'hui ?

Lena semblait en avoir eu assez pour une vie entière et Sergio partageait totalement ce sentiment. Ces dernières heures avaient apporté leur lot de surprises pour tous les deux.

— *Basta*, dit Dante en prenant son verre de vin.

— *Basta*, murmura Gaius qui recula un peu.

Assez.

Remo leva les yeux vers Sergio, puis opina et parla à voix basse :

— *Basta.*

C'était une excuse, même faible, mais Sergio s'en fichait. Il hocha simplement la tête en retour et répéta.

— *Basta.*

Il tira ensuite Lena à lui et se tourna vers Ariana.

— On peut partir ?

Le regard de la Gardienne étincela.

— Oui, bien sûr.

Elle leva ensuite un doigt, faisant mine d'être sévère.

— Mais assurez-vous d'être ponctuels à notre prochaine réunion. Demain à, disons... dix heures ?

Tout le monde acquiesça et Marco fut le premier à se diriger vers la sortie. En d'autres circonstances, Sergio aurait passé une minute à parler à son ami à l'extérieur. C'était une habitude qu'ils avaient prise à la Légion étrangère : se plaindre sur des petites choses sans importance pour masquer des émotions plus profondes, comme le fait qu'ils avaient frôlé la mort un peu plus tôt.

Mais Lena s'appuyait contre son flanc, affichant une expression plus courageuse que jamais malgré tout. Tous les trois traversèrent rapidement le long couloir, puis sortirent sous un soleil éblouissant. Le fleuve gargouillait de part et d'autre de la petite île et les feuilles chuchotaient sous le vent. Quelque part non loin, une voiture klaxonna et des dizaines d'autres klaxonnèrent en réponse.

— Ah, fit Marco d'un ton plat. Rome.

Sergio regarda autour de lui pendant que son loup soupirait. *Mon foyer.*

Vraiment. Pour toujours. Plus jamais il n'aurait à partir, à moins que Lena et lui le décident.

— Waouh, murmura Lena en regardant autour d'eux. Tout est si… normal.

Un groupe de touristes se rassemblait autour du pont Fabricius, prenant des selfies devant le monument ancien. Un enfant passa en léchant une *gelato* à la cerise, et un peloton de cyclistes sur de vieux vélos de course fonçait sur le chemin de la berge.

— Normal ? s'amusa Marco. Rome ?

Sergio pouffa de rire. Rome n'avait rien de normal. C'était une ville chaotique et qui tombait doucement en ruines. Qui était un peu trop populaire pour son propre bien. Mais Rome restait fière. Belle. Stoïque.

— Notre maison, murmura-t-il.

— Qu'est-ce que tu as dit ? demanda Lena en se tournant vers lui.

Il s'éclaircit la gorge.

— Je disais qu'il est temps de rentrer à la maison.

Elle sourit, épuisée.

— Chez toi ou chez moi ?

Chapitre 15

— Tu es sûre que mon appartement te convient ? demanda Sergio en désignant le sommet du Janicule.

Lena acquiesça. Oui, oui, et encore oui. Elle n'arriverait jamais à faire entrer Sergio chez elle avec Signora Donatelli qui la surveillait constamment. Pas pour bien longtemps, en tout cas, et elle ne se sentirait jamais en paix.

Et c'était ce dont elle avait besoin actuellement. Désespérément. Ainsi qu'une bonne et longue sieste, suivie d'une journée entière à faire l'amour. Voilà le seul futur qu'elle pouvait affronter pour le moment.

Un pas épuisé après l'autre, ils marchèrent dans les rues de Trastevere en direction du Janicule, avec toutes ses villas et cet immense parc vert. Celui où ils s'étaient rencontrés pour la première fois.

Elle sourit avec le sentiment que la boucle était bouclée. Une des épreuves les plus stressantes de sa vie touchait à sa fin, cependant un autre chapitre commençait en parallèle. Plus calme, plus sûr… en tout cas elle l'espérait.

— Nous y voilà, murmura Sergio en la conduisant vers un portail familier.

Il tapa un code sur le boîtier et lui fit signe d'entrer, mais elle resta là, la bouche ouverte.

C'était la maison qu'elle avait toujours pris le temps d'admirer. Celle qui avait semblé l'attirer depuis son premier jour à Rome.

— Tu vis ici ?

Il hocha la tête, détaché.

— Dans le cottage à l'arrière. Viens, je vais te montrer.

À l'extérieur, elle parvint à rester calme et à le suivre. Mais à l'intérieur…

Sa tête tournait. Chaque fois qu'elle était passée devant cette maison, son imagination s'était emballée, et elle avait tellement fantasmé une vie ici.

Le destin. Était-ce possible ?

— Par là, murmura Sergio en passant devant un immense escalier qui conduisait à un grand palier.

Lena tourna le cou alors qu'ils passaient. Du lierre pendait sur le flanc de la villa et sur les immenses murs de pierre qui masquaient la propriété de la rue. Les oiseaux chantaient dans les feuillages, et quelque part dans le jardin bien entretenu derrière la maison, une fontaine gargouillait.

— Waouh, chuchota-t-elle.

C'était une oasis de calme et de grandeur dans une ville qui semblait grouiller d'activité du matin au soir.

Sergio la conduisit dans le cottage à l'arrière. Il était aussi magnifiquement travaillé que la maison principale, avec des torsades peintes autour des fenêtres et des blocs de granit qui formaient une terrasse à l'entrée. C'était un petit cottage, toutefois les plafonds hauts et les larges fenêtres donnaient une impression d'espace. La première pièce servait à la fois de grande cuisine, salle à manger et salon, avec des portes menant à une chambre séparée et une salle de bains. C'était vide et rudimentaire, comme elle s'y était à moitié attendue de Sergio.

— C'est super. Tellement de charme, murmura-t-elle en regardant les motifs entrelacés sur le plafond en plâtre jusqu'au carrelage antique sous leurs pieds.

Sergio éclata de rire.

— C'est juste le quartier des serviteurs

Puis il sembla comprendre tout à coup quelque chose et resta parfaitement immobile.

Le ventre de Lena se noua. Que se passait-il, maintenant ? Elle regarda autour d'elle, se demandant quelle règle tacite au sujet du monde métamorphe elle allait découvrir de plein fouet.

Mais un sourire illumina le visage de Sergio et son regard pétilla. Un instant plus tard, il lui prenait la main et la conduisait à l'extérieur.

— Attends...

Elle traînait des pieds. N'était-il pas aussi épuisé qu'elle ?

Mais Sergio était un homme en mission, fouillant dans les pots de fleurs près de l'entrée jusqu'à trouver une clé.

— Euh, Sergio ?

Elle était épuisée. Il devait l'être aussi. Pourquoi voulait-il à tout prix lui montrer la villa maintenant ?

— Ça ne va pas déranger le propriétaire ?

Il secoua la tête tout en déverrouillant la porte, puis la tira dans le grand hall d'entrée.

— Personne ne vit ici depuis des années. Suis-moi.

Leurs pas résonnaient sur le sol en marbre brillant, puis tapèrent les marches de l'escalier suffisamment grand pour que quatre personnes s'y déplacent côte à côte. Lena tordit le cou pour admirer les fresques aux couleurs vives sur les murs. La première dépeignait la Rome antique, avec plus de champs que de bâtiments. Les suivantes avançaient dans le temps, montrant la cité grandir jusqu'à son apogée, puis décliner, et enfin revivre. Mais parmi les sénateurs en toge des premières scènes, au milieu des commerçants occupés sur la place du marché, et par-dessus les toits des temps médiévaux, elle apercevait d'autres détails. Des dragons survolaient la ville, la gardant en sécurité. Les loups observaient à travers les arbres et dans les angles des rues, patrouillant dans les sept collines. Les aigles volaient au-dessus du fleuve et les ours se dressaient férocement sur leurs pattes arrière.

— Ce sont les Gardiens ?

Elle chuchotait, malgré tout le son résonna dans la maison silencieuse. Un silence triste, comme si les murs se languissaient d'une nouvelle famille qui s'installerait ici.

Sergio acquiesça.

— Les Gardiens et les forces à leur disposition.

Ils passèrent le premier et le second étage, où d'immenses pièces bifurquaient des deux côtés. La maison était impressionnante, et pourtant chaleureuse. La plupart des baies vitrées étaient fermées par des volets, mais celles qui ne l'étaient pas laissaient entrer un peu de lumière, rendant l'espace joyeux et lumineux.

— C'est sublime. Quel endroit incroyable pour vivre, murmura-t-elle alors que Sergio l'entraînait encore plus haut.

Enfin, il ouvrit une porte, et les bruits extérieurs furent à nouveau audibles. Une immense terrasse couvrait l'intégralité de l'étage à l'exception d'un coin, où la tour imposante de la villa se dressait. Un mur crénelé entourait le porche, donnant l'impression qu'elle se trouvait dans un château.

— Waouh, souffla-t-elle.

La villa se dressait au sommet de la colline et tout Rome s'étalait en contrebas, avec ses tours, ses églises et ses collines. Le reste de la vue était un bonheur sylvestre avec la forêt feuillue qui s'étendait jusqu'au Vatican. Le dôme de la basilique Saint-Pierre pointait au-dessus des arbres centenaires, et de l'un autre côté...

L'esprit de Lena fut envahi de souvenirs.

— C'est le parc où nous nous sommes rencontrés.

Sergio hocha lentement la tête, affichant toujours cette expression sidérée.

— Le destin.

Elle pencha la tête et il continua :

— Tu sais à qui appartient cette maison ?

Elle secoua doucement la tête. Pitié, faites que ce ne soit pas celle de Vicente. Ou de Dante. Ou pire, de Remo.

— Elle appartenait à l'un des plus anciens Gardiens, expliqua-t-il. Leonardo D'Accardi.

Lena hocha mécaniquement la tête, mais quand elle réalisa le nom qu'il venait de prononcer, elle ouvrit la bouche.

Sergio la prit par les épaules.

— Ton père.

Ces dernières heures, elle était passée de révélation en révélation et ça ne s'arrêtait plus. Elle faillit tomber tant sa tête lui tournait. Toutes ces fois où elle était passée devant la maison, à l'observer... Toutes les fois où elle s'était sentie mystérieusement attirée... Avait-elle senti le lien ?

— Elle t'appartient, désormais, chuchota Sergio. La seule héritière de Leonardo.

Elle chancela, puis tourna sur elle-même, avec lenteur et incrédulité.

— À moi ?

— À toi, acquiesça-t-il.

Elle regarda les bois, puis Sergio, et dit finalement en chuchotant :

— Le destin.

Le destin, confirma quelque chose en elle.

Elle prit ensuite une grande inspiration et serra les mains de Sergio contre sa poitrine.

— Je la veux uniquement si elle est à toi également. Non, attends. Je veux plus que cela. Je veux dire, je veux... je veux...

Elle déglutit.

— Je te veux.

Le regard de Sergio brilla plus que jamais.

— Je te veux aussi. Mais les loups... On s'unit pour la vie, tu sais. Comme tous les métamorphes.

Elle tira sa main contre sa joue et ferma les yeux.

— Je le veux. Pour toujours. Avec toi.

Pendant les minutes qui suivirent, serrer seulement sa main contre elle fut suffisant pour l'apaiser, et chaque battement de son cœur était un son joyeux. Mais, au bout d'un moment, Sergio se rapprocha et ils s'enlacèrent avec force.

— Je t'aime.

L'épaule de Sergio étouffait sa voix, mais il l'entendit malgré tout. Il hocha immédiatement la tête et répondit d'une voix étranglée :

— Je t'aime.

Pendant plusieurs minutes, il la serra contre lui, et ils se balancèrent comme dans une danse. Puis Sergio tourna la tête et lui embrassa l'oreille... La joue... Le menton...

Elle était épuisée. Confuse. Dépassée. Néanmoins le contact de Sergio réveillait chaque nerf dans son corps, lui insufflant comme un second souffle. Avant qu'elle le réalise, ils s'embrassaient de plus en plus profondément. Elle pressa les hanches contre celles de Sergio et passa les bras autour de ses épaules. Lentement, elle devint de plus en plus consciente du contact de leurs corps, effaçant tout ce qui existait autour d'eux.

La bête en elle commença à s'agiter, et elle pouvait la sentir peu à peu prendre le contrôle. Au début, elle résista, quand elle comprit soudain... Pourquoi se refuser à l'amour, au plaisir, à la joie ? Pourquoi refuser ces choses à Sergio ?

Pourtant, elle s'écarta, haletante.

— Une chose.

Sergio leva les yeux, les cheveux ébouriffés à cause des caresses de sa compagne.

— Je veux ça plus que tout, je te veux toi, lui assura-t-elle.

Il pencha la tête. *Alors quel est le problème ?*

Elle désigna les alentours.

— Ça fait beaucoup à encaisser. On pourrait retourner chez toi ?

Il éclata de rire et le son résonna jusqu'aux bois.

— J'adore ça, « chez toi ».

Elle fronça les sourcils.

— Quoi donc ?

— Tu viens d'hériter d'une villa, mais tu préfères le quartier des serviteurs ?

Elle pouffa de rire et posa les mains sur ses joues.

— Oui. Peut-être qu'un jour, j'arriverai à assimiler tout ça. Mais pour le moment... ta maison est plus chaleureuse. Elle est plus... plus...

Elle lutta pour trouver un mot, puis trouva enfin.

— Plus comme toi. Et c'est tout ce dont j'ai besoin. Pas de titre, pas de manoir, pas de trésor. Juste toi.

Sergio prit son visage entre ses paumes et lui caressa les joues avec les pouces.

— Le seul trésor que je veux, c'est toi.

Elle sourit, mais cela ne dura pas, parce qu'ils s'embrassèrent à nouveau. Un de ces baisers faussement doux qui commençaient lentement et devenaient rapidement passionnés. Elle passa les mains sur le corps solide de Sergio, le touchant partout désespérément.

Puis un oiseau chanta et elle se força à s'écarter. En agissant vite, elle pourrait trouver assez de retenue pour retourner au cottage. Si elle ne le faisait pas, elle finirait par lui faire des choses sur la terrasse. Ce qui serait incroyable, avec le ciel bleu et la vue sublime, toutefois ce ne serait pas bien, pas avant qu'elle ait eu une chance d'explorer la maison. Elle voulait s'attarder sur les chaises que son père avait pu toucher et regarder par les fenêtres où il avait dû se poster pour observer le paysage. Elle avait envie de trouver tous les liens qu'elle pouvait, et pas seulement faire irruption dans cet endroit si spécial.

Mais pas pour le moment. Et il n'y aurait pas d'obscénités sur le toit aujourd'hui. D'un autre côté, le cottage de Sergio était son territoire, et non celui du père de Lena. Et construire cette relation était carrément plus urgent, surtout après ce qu'ils venaient de traverser.

Elle regarda une dernière fois la terrasse avant de conduire Sergio en bas des escaliers et jusqu'à l'entrée. Quand ils arrivèrent sur le chemin qui menait au cottage à l'arrière, elle était en train de courir.

— Attends.

Il l'arrêta avant qu'elle se précipite par l'entrée.

Elle se tourna, inquiète qu'il ait changé d'avis, cependant ses yeux brillaient plus que jamais et ses mains serraient les siennes avec force.

— Quoi ?

Il la coinça contre le mur près de la porte et pressa son corps contre le sien.

— Vois ça comme un échauffement, marmonna-t-il avant de se saisir de ses lèvres pour un nouveau baiser.

« Chaud » était un euphémisme. « Fiévreux » correspondait mieux, parce qu'une fois qu'il commença, il lui fut difficile de réfléchir correctement. Ce qui convenait parfaitement à Lena, parce qu'elle avait suffisamment réfléchi pour aujourd'hui.

Compagnon, grognait cette voix interne, encore et encore.

Pendant un moment, elle laissa ses mains parcourir le dos de Sergio, se perdant dans la chaleur incandescente du baiser. Mais quand il coinça ses bras au-dessus de sa tête, elle se retrouva sans défense. D'une bonne façon, car elle pouvait se frotter et gémir pendant qu'il explorait son corps de sa bouche et de sa main libre.

— Mmh, grogna-t-elle en basculant la tête en arrière.

Sergio embrassa la longueur de son cou et s'arrêta à mi-chemin, où il resta un long moment pour également mordiller et explorer. Plus il prenait son temps, plus elle se sentait tournoyer, et plus les pensées qui dansaient dans son esprit se faisaient sensuelles. Elle l'imagina la mordre plus fort. À pleines dents, profondément, mais avec prudence. Avec amour, si c'était possible.

Qu'avait-il dit ? « Les métamorphes ne se marient pas. Ils s'unissent pour la vie avec une morsure d'union. »

Ses orteils se recroquevillèrent. Était-ce fou de le vouloir aussi désespérément ?

Sergio passa les dents contre sa peau et elle ferma les yeux, s'attendant à une pointe de douleur. Mais il s'arrêta et pressa alors la joue contre sa poitrine, haletant.

— *Mi stai facendo morire.*

Tu vas me tuer.

Elle pouffa d'un rire rauque.

— C'est moi qui ai les mains en l'air. Mais n'arrête pas. N'arrête jamais.

— Je n'en ai pas l'intention, dit-il d'une voix grondante. Mais l'union ne doit pas être précipitée.

Elle ne s'était jamais lancée tête baissée dans quoi que ce soit dans sa vie. Même sa décision de venir à Rome avait été prise après des semaines à se torturer pour savoir si c'était vraiment le meilleur choix. Mais maintenant, se précipiter paraissait être la meilleure chose à faire. Pourquoi attendre ?

— Pas longtemps, promit-il en descendant le long de son corps.

Elle allait protester, mais il glissa la main vers le haut, lui retirant sa chemise dans un geste efficace. Son soutien-gorge y passa également. À la seconde où sa bouche fut sur son téton, elle perdit le fil de ses pensées. Il relâcha ses bras, cependant il fallut à Lena une bonne minute pour songer à les redescendre pour glisser les doigts dans ses épais cheveux. Il posa les paumes de ses grandes mains sur ses seins et passa ses pouces rêches sur ses pointes sensibles.

— Trop bon, gémit-elle.

Il secoua la tête.

— Pas encore, vraiment. Attends de voir.

— Attendre ?

— Ça en vaudra la peine.

Et c'était vrai. Il la déshabilla entièrement et passa une main entre ses cuisses. Bougeant jusqu'à ce qu'elle soit sur le point d'exploser.

— Ta peau est si soyeuse, murmura-t-il.

Elle avait les paupières à moitié fermées et apercevait le ciel... les arbres dans le jardin... les oiseaux. Sergio, plus intense qu'il ne l'avait jamais été.

Et elle se vit également. Nue. À l'extérieur. À la merci de ses caresses. Comme c'était bon !

— Oui... oui... gémissait-elle alors qu'il la caressait de l'intérieur.

Des pigeons roucoulaient au-dessus du cottage, mais quand Lena trembla et jouit dans un cri, ils s'envolèrent. Sergio lui adressa un sourire espiègle. *Tu n'as encore rien vu.*

Quand elle tomba, il la retint, à la fois avec fermeté et douceur. Et, pendant quelques secondes, c'était tout ce qu'elle voulait. Mais son cou la démangea et tout à coup, elle voulait tout.

— Sergio...

Mais il avait lu dans ses pensées et la portait déjà dans le cottage, laissant la porte d'entrée ouverte. La porte de la chambre aussi. En un rien de temps, il avait laissé ses vêtements sur le sol et la couchait sur le lit dans un mouvement tendre. « Tendre » correspondait également pour la manière dont il caressait son corps. Mais quand elle écarta les jambes et qu'il pressa les lèvres contre son intimité, ça ne convenait plus du tout. Il la consumait. L'inhalait. La léchait jusqu'à ce qu'un second orgasme la traverse et la laisse accrochée aux draps, à crier encore et encore.

— À mon tour, chuchota-t-elle quand elle eut enfin recouvré son souffle.

Ses mains tremblaient encore de ce qu'elle venait de vivre, mais plus elle caressait son membre dur, plus elle gagnait en assurance.

Montre-lui, fredonna sa bête intérieure. *Montre à notre compagnon combien il nous fait du bien.*

Elle le poussa jusqu'à ce qu'il soit couché sur le dos, totalement à sa merci. En tout cas, cela en donnait l'impression, néanmoins Sergio pouvait reprendre le dessus dès qu'il le voulait.

Et être à sa merci à lui était foutrement attirant. Toutefois elle avait sa propre mission, désormais. Une mission qui commença par un baiser sur son gland soyeux et quelques coups de langue autour.

Quelque chose bougea, et quand elle leva les yeux, elle vit Sergio qui serrait les draps dans ses mains. Chaque muscle de son corps était tendu et sa mâchoire serrée.

Elle sourit. Pouvait-elle le faire hurler comme il y était parvenu avec elle ?

Ouvrant grand la bouche, elle le prit en elle, un centimètre à la fois. Quand elle s'écarta, ce ne fut que pour le reprendre plus profondément. D'abord lentement, puis plus vite, trouvant son propre rythme. Rapidement, elle découvrit la cadence qui faisait gémir son homme à chaque mouvement. Les mains de Sergio passèrent des draps à la tête de Lena et il murmura de façon incohérente. Mais, alors qu'elle était certaine qu'il allait jouir, il la repoussa.

— Ce n'est pas bon ?

— Trop bon.

Son regard brûlait de désir, et ses mains étaient fermes alors qu'il la positionnait à quatre pattes. Il ne prononça pas un mot, mais elle comprit le message. Plus d'attente. Fini, de donner envie au destin de les séparer une nouvelle fois.

Tu es à moi, disait chaque mouvement de son homme.

— Tu es d'accord ?

Sa voix était rêche comme du papier de verre.

Elle regarda par-dessus son épaule. Faire ça en levrette, de façon torride et sauvage ? Totalement.

Elle aurait adoré trouver une réponse osée, cependant l'anticipation la rendait muette. Elle agita donc les fesses à la place et Sergio s'installa derrière elle. Après avoir passé les mains sur son corps, il saisit fermement ses hanches et elle prit une profonde inspiration.

Mais il s'arrêta là, embrassa son épaule et murmura :

— *Tesero mio.*

Elle se sentit fondre de l'intérieur.

Puis il plongea en avant et elle ne put qu'ouvrir la bouche dans un cri de plaisir silencieux. Sergio se retenait, elle le sentait.

Plus fort. Plus vite, suppliait sa dragonne.

Fais durer le plaisir, rétorquait son côté humain.

— Ça va ? demanda Sergio d'une voix étranglée de plaisir.

Oh, ça allait parfaitement bien, si ce n'était qu'elle voulait tout en même temps. Plus vite *et* plus lentement. Plus fort *et* plus graduel. Tout.

Son corps répondit, pressant plus fort contre lui. Sergio se retira jusqu'à ce qu'ils soient à peine connectés. Puis il la prenait à nouveau, la faisait gémir de désir.

Son esprit tourbillonnait, dépassé par les sensations qu'il lui procurait. Son odeur sur les draps. Les coussins doux et cotonneux. La pénétration, forte et puissante. Puis des images traversèrent sa tête, littéralement. Elle volait, tournait, plongeait. Rugissait de plaisir dans la nuit. Bien sûr, il faisait jour et elle gémissait dans les draps, mais elle se sentait puissante. Fière. Invincible, maintenant que son compagnon était avec elle.

Sergio se pencha en avant, les doigts emmêlés dans ses cheveux. Elle se cambra et pencha instinctivement la tête.

Juste ici, souffla une voix dans son esprit alors que Sergio touchait tendrement son cou.

— Oui... gémit-elle alors que ses dents caressaient sa peau.

Oui, souffla sa dragonne. *Ça va être tellement, tellement bon.*

Elle serra les draps pour se contenir alors que Sergio la pilonnait de plus en plus fort. Ça allait bientôt arriver...

Le corps de son amant se raidit et il laissa échapper un petit gémissement, la retenant avec force alors qu'il jouissait. Il ouvrit ensuite la mâchoire et mordit en profondeur.

Dans l'esprit de Lena, il n'y eut rien d'autre qu'un feu d'artifice interminable. La chaleur se précipita dans ses veines, envahissant son corps, un membre à la fois. De nouvelles sensations emplirent sa tête jusqu'à ce qu'elle puisse voir ce que Sergio voyait, et ressentir ce qu'il ressentait.

Apparemment, elle n'était pas la seule à éprouver cette douleur si délicieuse qui semblait figer le temps et tout ce qu'il y avait autour. Le même sentiment lancinant d'être enfin comblé, et la même question : « Comment puis-je avoir autant de chance ? » C'était drôle, parce que c'était elle la chanceuse de cette histoire, non ?

Mais Sergio était au bord de l'euphorie. *Elle m'aime,* ne cessait-il de penser. Il la tenait comme si elle était une déesse et s'émerveillait de sa chance.

Quand il retira doucement les dents, elle gémit, et une autre vague de plaisir la traversa. Une vague si immense qu'elle faillit ne pas remarquer sa façon de passer avec prudence sa langue sur la morsure, s'assurant que la peau guérisse. Ils s'effondrèrent ensuite sur les draps et le temps sembla ralentir, un peu comme dans un rêve.

Sergio soupira, puis les nettoya tous les deux avec un côté du drap. Lena roula dans ses bras, se demandant vaguement ce qui chatouillait ses joues.

Une larme, apparemment, que Sergio essuya avec délicatesse.

— Je ne t'ai pas fait mal, n'est-ce pas ?

Elle secoua la tête, sur le point de rire et de répondre qu'elle n'avait jamais été aussi bien. Mais d'autres larmes suivirent. Beaucoup de larmes de joie chaudes qui accompagnaient la boule dans sa gorge et le nœud sur sa langue.

Le pauvre Sergio la serrait, perdu.

— Lena...

Elle s'accrocha à sa main, tentant de le rassurer. Elle ne s'était jamais sentie aussi complète, cependant avec cette sensation venait la prise de conscience que sa vie avait été tellement vide jusqu'ici, sans son compagnon.

Oui, tout allait bien. Tout allait parfaitement bien.

Elle tapota le bras de Sergio.

— Ça va. Je suis juste... sous le coup de l'émotion, je crois.

— Mais tu pleures.

Elle s'essuya rapidement la joue et déglutit pour chasser la boule dans sa gorge.

— Eh bien, ce n'est pas tous les jours qu'une femme profite de sa fin heureuse.

Sergio passa les bras autour d'elle et posa le menton sur sa tête.

— Ce n'est pas la fin. Ce n'est que le début, ma compagne.

Épilogue

Trois semaines plus tard...

Lena sentait sa nuque la picoter tandis que Sergio et elle montaient la colline, main dans la main. Le ciel s'embrasait des couleurs du soleil se couchant au loin et les arbres se teintaient d'or sous la lumière de l'astre brillant.

— Comme j'aime venir ici, murmura-t-elle.

Elle s'arrêta dans un virage pour admirer le paysage qui s'étendait devant elle. La ville entière se trouvait là, depuis l'immense structure immanquable du Colisée jusqu'aux dômes gracieux des églises qui reflétaient les lueurs brillantes du ciel.

Sergio se pencha pour l'embrasser.

— Je t'aime.

Elle passa les bras autour de lui et ferma les yeux. Les baisers de Sergio étaient si bons qu'elle devait les savourer avec tous ses sens. Elle le goûtait, passant la langue sur ses lèvres. Elle sentait le parfum boisé de son compagnon. Le touchait, le long des muscles saillants de ses épaules. Puis elle se coupa de tout pour se concentrer sur les sons qu'elle produisait. Un petit murmure heureux qu'elle ne pouvait contenir, pas avec lui.

Elle soupira ensuite et s'écarta.

— Oups. Une seconde. Nous étions censés admirer la vue.

— J'admire ma compagne, c'est presque pareil, non ? murmura Sergio en l'embrassant sous son oreille.

Elle pencha la tête en arrière et se laissa aller un instant, ne prêtant aucune attention à la femme qui passa à côté en pouffant de rire.

— *Amore.*

Oui, c'était l'*amore*. Le plus profond et le plus riche qui n'était accordé qu'à quelques privilégiés. Si seulement ses parents avaient eu autant de chance...

Pendant un instant, elle fut envahie par le chagrin. Son père était mort sans sa compagne, sans même avoir connu sa propre fille. Sa mère avait passé des dizaines d'années à croire que son amour l'avait rejetée alors qu'en réalité, il réalisait le sacrifice ultime. Lena s'était juré de rétablir la vérité dès qu'elle aurait l'occasion d'en parler avec sa mère en face à face.

Mais pour le moment... Le chagrin ne rectifiait pas les injustices du passé. Au lieu de ça, elle était déterminée à profiter de toute la chance que ses parents n'avaient jamais eue.

— Hmm. Pourquoi moi ? murmura-t-elle.

Sergio s'arrêta et lui prit les joues dans ses mains.

— Que veux-tu dire ?

— Je crois qu'Arthur Ashe, le joueur de tennis, disait ça mieux que moi. Qu'on ne devrait pas demander « pourquoi moi ? » quand de mauvaises choses arrivent, mais plutôt quand on a de la chance. Des paroles pleines de sagesse, tu ne penses pas ?

Sergio la serra fermement dans ses bras.

— C'est ce que j'aime chez toi. Enfin, l'une des nombreuses choses que j'aime chez toi.

Il frotta son menton contre sa joue.

— Donc, je ferais mieux de poser la question moi aussi. *Perché io ?*

Elle le serra plus encore. Elle ne connaissait pas la réponse, mais elle savait qu'elle était déterminée à profiter de sa chance.

Les dernières semaines étaient passées en un éclair et elle installait encore son studio photo dans le cottage. Sergio et elle avaient emménagé dans la villa sur le Janicule et ils y vivaient désormais une vie fabuleuse. Se réveiller sous le chant des oiseaux dans les arbres, prendre un petit déjeuner tranquille sur la terrasse à l'arrière. Les dîners aux chandelles sur le toit-terrasse... Des moments paisibles, heureux, qui lui donnaient la certitude que l'esprit de son père souriait. Bien entendu, Sergio et elle passaient la plupart de leur temps libre à faire l'amour et elle espérait qu'aucun esprit ne les observait dans ces moments-là.

Non pas qu'ils aient eu beaucoup de temps libre. Sergio patrouillait dans la ville et elle passait des heures à apprendre toutes ces choses auprès des Gardiens. Ariana était un merveilleux mentor qui traitait Lena comme une nièce longtemps perdue de vue. Ernesto Orsini était aussi excellent, il la guidait lors de longues promenades tout en lui expliquant l'histoire des métamorphes de la ville, tel un professeur universitaire des plus patients. Un professeur étonnamment amusant et plein d'humour, qui la sortait des sentiers battus.

— Vous voyez l'ours sur cette fontaine ? Ce n'est pas n'importe quel ours, avait-il dit avant de se lancer dans des anecdotes hautes en couleur sur la royauté métamorphe et les intrigues politiques.

Deux fois par semaine, Lena rendait visite à Dante, qui avait tendance à digresser sur l'histoire glorieuse des dragons. Mais même ça, c'était fascinant. Quant à Gaius, il lui présentait cartes et comptes avec une efficacité militaire.

— Tout cela est à moi ? avait-elle demandé en regardant tout ce dont elle avait hérité.

Pas seulement la villa, mais des trésors entiers. Des investissements. Des propriétés à la campagne. Oui, *des* propriétés. Au pluriel.

— Bien sûr. Maintenant, on se concentre, mon enfant.

Elle faisait de son mieux, mais honnêtement, tout cela la dépassait. Son père lui avait laissé une fortune amassée depuis des générations, et c'était à elle de tout gérer correctement. Dieu merci, elle avait un conseiller de confiance, bien que sévère, en la personne de Gaius.

De tous les Gardiens cependant, c'était Remo qui la surprenait le plus. Il lui avait fait traverser intégralement le QG en silence, l'inquiétant de plus en plus sur ses intentions. Mais lorsqu'ils eurent monté une centaine de marches en colimaçon et émergé en haut d'une tour, il avait simplement regardé les alentours avant de soupirer avec force.

— Tant de choses ont changé, pourtant tout reste identique.

Son regard sombre et hanté s'était attardé sur l'horizon.

— Il y a toujours un mal qui se prépare, et en tant que Gardiens de la ville, nous devons rester vigilants.

Puis il s'était tourné vers elle, de son regard plein de tristesse.

— Mais pas trop non plus, sauf si nous voulons nous tromper et accuser nos alliés d'être nos ennemis.

Le simple fait d'y penser donna à Lena une boule dans la gorge. Remo était un homme fier, et s'excuser, même indirectement, lui demandait certainement beaucoup d'humilité.

— C'est un bon conseil, avait-elle répondu en risquant un petit sourire.

Et, miracle des miracles, Remo l'avait imité : il avait souri !

Cela faisait déjà une semaine. Aujourd'hui, alors que le soleil se couchait, elle rejouait tous ces moments dans sa tête tandis qu'elle rentrait à la maison avec son compagnon.

Il passa un doigt le long de sa joue, étudiant son visage.

— Quoi ?

— Je pensais à combien cela avait été intéressant d'apprendre à connaître les Gardiens. De l'extérieur, ils ont l'air féroces, mais en fait, ils sont comme des oncles et des tantes éloignés.

Sergio soupira.

— Ils t'apprécient. Moi, d'un autre côté...

Elle le fit taire en posant un doigt sur ses lèvres.

— Ils t'apprécient aussi. C'est juste plus difficile pour eux de l'admettre.

Il ricana.

— Comme Signora Donatelli, j'imagine ?

Elle éclata de rire.

— Non, elle ne t'appréciait pas du tout. Comme son chien, d'ailleurs.

Il fronça les sourcils et la corrigea.

— Son rongeur.

— Mais j'aime bien l'idée qu'ils veillent sur moi !

Sergio opina avec réticence.

— J'imagine.

— Bref, maintenant que j'ai fini de déménager...

Lena montra le sac qu'elle portait. Il en avait un également, contenant tout ce qu'il restait dans son appartement.

— Fini de devoir gérer Signora Donatelli. On a notre propre maison, maintenant.

— Notre propre maison, répéta-t-il. Ça me plaît.

Son regard pétilla et il contempla à nouveau le paysage, songeur.

Lena fit de même, pensant à son propre parcours invraisemblable. *Veilleuse du feu.* Elle n'arrivait toujours pas à y croire.

Sergio soupira, lui embrassa la main et la tira en avant. Ils passèrent les stands de journaux qui, Dieu merci, n'avaient plus de gros titres évoquant le décès du play-boy milliardaire, Vicente Romano, dont le corps avait été trouvé sur le rivage une semaine après sa disparition mystérieuse. Certains insistaient sur le fait que c'était un coup de la mafia, pendant que d'autres présumaient un accident au large des côtes.

Lena savait la vérité, bien sûr, mais honnêtement, elle serait plus que ravie de l'oublier.

Puis il y avait Amber, qui avait fui avec l'officier subalterne du yacht de Vicente. D'abord, elle avait profité à fond de son statut de dernière petite amie connue de Vicente, une histoire qu'elle racontait jusqu'aux moindres détails juteux aux journalistes qui se risquaient à l'écouter. Ensuite, l'officier et elle étaient partis pour la Grèce, où, hélas, leur relation s'était essoufflée. Le bon côté, c'était qu'Amber s'était dégoté un nouvel amant : un magnat du transport maritime de trois fois son âge.

Lena secoua la tête, se demandant si la jeune femme serait un jour heureuse.

Peu probable, dit sa dragonne. *Pas comme nous, en tout cas.*

Elle passa un bras autour de celui de Sergio et ferma les yeux, s'émerveillant de voir comme les choses avaient changé en si peu de temps.

— Allons-y, murmura Sergio. Je meurs d'envie de courir avant le dîner.

Il parlait de sa forme de loup, et sa bête intérieure grommela en réponse. *L'idée me plaît.*

Elle hocha la tête, même si elle remarqua une petite pointe de chagrin. Elle avait fait de grands progrès et avait même fini par aimer se métamorphoser. Toutefois Sergio était un loup et elle était une dragonne. Même s'il était amusant de suivre son amant du ciel, une partie d'elle aurait aimé qu'ils puissent gambader l'un à côté de l'autre.

Elle redressa les épaules. Elle ne pouvait pas faire la difficile : elle avait son homme et un incroyable nouveau corps. Que pouvait-elle demander de plus ?

Entrer dans la villa, *sa* villa, renforça ce sentiment, et une fois ses affaires déposées, ils partirent en direction du parc, et elle avait hâte de se transformer et de voler. La nuit tombait rapidement et le vent était parfait.

Le problème, c'était qu'elle avait les épaules raides et les doigts endoloris. Avait-elle trop volé la veille ? Ou était-ce à cause de tout ce qu'elle avait transporté de son ancien appartement ?

Elle chassa ce sentiment, ainsi que ses vêtements, une fois que Sergio et elle eurent trouvé un coin couvert dans le parc. Sergio l'embrassa rapidement sur la joue, puis recula.

— Prête ?

Elle opina du chef.

— Après toi, mon amour.

Sergio sourit avant de tomber à quatre pattes. Pendant les premières secondes, il toucha la terre comme un fermier. Puis il se courba et le duvet sur sa peau s'épaissit. Lena observa, fascinée. Ses transformations étaient si fluides et son corps tellement parfait, humain comme loup. Un instant plus tard, il se secoua légèrement dans un mouvement qui partait de son nez et voyageait jusqu'au bout de sa queue. Puis il leva les yeux et sourit, entièrement loup.

Lena se pencha pour caresser son épaisse fourrure, émerveillée. Le loup ne ressemblait en rien à Sergio, mais elle y retrouvait pourtant tous les détails qui faisaient de ce dernier ce qu'il était. Son regard expressif, la manière dont il s'agitait avec ferveur. L'amour qui transparaissait dans ses yeux.

Il enfouit son museau contre elle et laissa échapper un petit glapissement. *Prête ?*

Elle recula.

— Prête.

Elle ferma les yeux, imaginant ses bras s'étirer et devenir des ailes et ses doigts se muer en griffes. Mais quelque chose ne collait pas. Quelque chose qu'elle ne parvenait pas à expliquer.

Quand elle ouvrit les yeux, Sergio pencha la tête.

Qu'est-ce qui ne va pas ?

Elle força un sourire et essaya à nouveau.

Rien. Juste un peu maladroite, je pense.

Il pouffa et envoya des images torrides dans son esprit, lui rappelant combien il aimait son corps agile, et ce qu'il aimerait faire quand ils rentreraient à la maison.

Elle fit rouler ses épaules et tenta à nouveau. *Bras en ailes, doigts en serres.*

D'habitude, ses épaules s'élargissaient pour se transformer, mais ce soir, elles se recroquevillèrent. En même temps, ses genoux refusèrent de la laisser s'accroupir comme son corps de dragon aimait le faire. Sa mâchoire la chatouilla et elle se gratta, impatiente. Qu'est-ce qui n'allait pas ?

Tout va bien, s'amusa sa bête intérieure. *Parfaitement bien.*

C'était drôle même, parce que cette voix était plus aiguë et moins rauque que d'habitude.

Elle se concentra plus fort, pensant aux cimes des arbres qui la frôlaient alors que Sergio sillonnait les bois. Mais ces images se voilaient et changeaient jusqu'à ce qu'elle se voie courir à ses côtés.

Un petit fantasme, supposa-t-elle. Les dragons étaient les rois des airs et n'avaient que très peu de grâce au sol.

Lena, souffla Sergio, émerveillé.

Elle secoua la tête, refusant d'ouvrir les yeux. Ne voyait-il pas qu'elle se concentrait ?

Mais sa concentration partait dans tous les sens, tout comme ses membres. Au lieu de sentir ses bras s'étirer sur les côtés, elle finit à quatre pattes. Sa queue était aussi anormale, refusant de s'allonger suffisamment pour assurer sa stabilité dans les airs.

— Merde, marmonna-t-elle, mais c'était inintelligible.

Lena... souffla Sergio dans son esprit. *Regarde-toi.*

Elle ne voulait pas, parce qu'elle sentait que quelque chose n'allait pas. Tout comme ses premières métamorphoses où elle était coincée entre humaine et bête.

Mais, étrangement, Sergio jubilait.

— *Regarde-toi.*

Elle ouvrit un œil, puis l'autre, effrayée de découvrir quelle horrible combinaison elle avait prise. Une main humaine, et l'autre une serre ? Des ailes qui se terminaient par des petits doigts boudinés ?

Rien de tout cela, en réalité. Ce qu'elle vit en premier, ce fut deux pattes couvertes de fourrure. Elle se tourna rapidement, ce qui agita ses oreilles d'une manière qui n'était jamais arrivée avant, et sa langue ne cessait de bouger de tous les côtés. Elle fronça les sourcils quand elle fut prise d'une furieuse envie de se gratter l'oreille avec la patte arrière. Qu'est-ce qu'il se passait ?

Une louve, souffla Sergio.

Elle souleva une patte, puis la seconde. Ensuite, elle regarda derrière elle, apercevant les deux autres. Mais son corps pivota en même temps, et ce ne fut qu'entièrement tournée qu'elle remarqua une queue. Une queue touffue de loup, et non celle longue et lisse d'un dragon.

Elle se tourna dans l'autre sens pour être sûre et, ouah... Sa patte avant céda et elle roula. Pendant un instant, la panique l'envahit. Rouler allait abîmer ses ailes, non ? Mais il n'y avait aucune aile à abîmer, parce qu'elle était un loup.

Et se rouler sur le dos était même amusant ! Elle tourna d'un côté, puis de l'autre, et finalement donna un coup pour rebasculer dans l'autre sens. Tremblante, elle se leva et remua la queue.

Ouah, je suis vraiment une louve ?

Sergio bondit, sa propre queue battant à toute allure.

Oui, vraiment ! Che bella.

Il afficha un immense sourire canin. Elle n'avait jamais vu Sergio aussi excité. Excité comme un chiot, même, sautant encore jusqu'à ce qu'elle n'ait pas d'autre choix que de se sentir véritablement « bella ».

Une seconde. Belle ? En tant que louve ?

Elle baissa encore les yeux sur son corps. Oui, en réalité, elle l'était vraiment, avec son épaisse fourrure brune qui scintillait d'or.

Sergio donna un coup dans son flanc, si fort qu'elle tomba. *Hé !*

Un glapissement haut perché lui échappa et il pressa sa truffe contre elle avec inquiétude jusqu'à ce qu'elle arrive maladroitement à se relever.

Scusi.

Elle se secoua et tomba à nouveau. Lentement, elle se redressa.

Attends, je ne comprends pas, dit-elle, avec une série de gémissements et d'aboiements. *Comment c'est possible ?*

Les oreilles de Sergio tombèrent.

Tu n'aimes pas ?

C'est génial, lui assura-t-elle.

Un rêve qui se réalisait, vraiment. Mais comment était-ce possible ? Et, oups, allait-elle commencer à prendre une forme animale différente à chaque métamorphose ?

Sergio lui donna un petit coup de truffe.

Les humains qui s'unissent à un métamorphe prennent la forme de leur compagnon. Tu avais déjà du sang de dragon, mais j'imagine que le sang de loup est quand même passé.

Est-ce que Gemma peut se transformer en lionne ? demanda-t-elle en pensant à la Veilleuse de Londres que Sergio lui avait présentée.

Pas que je sache, mais son compagnon n'est qu'à moitié lion.

Il descendit sur son cou et étendit son corps contre le flanc gauche de Lena.

Bref, c'est incroyable. Prête à tenter le coup ?

Elle avança d'un pas prudent, puis d'un autre, surprise de voir que marcher à quatre pattes était un peu comme voler en battant des ailes. Cela lui venait naturellement. Bien sûr, cela voulait aussi dire que Sergio mettait la barre plus haut en trottant au loin avant de la regarder.

Tu viens ?

Elle se précipita à sa suite, tentant de ne pas trébucher sur ses propres pattes.

Où ça ?

Pas loin.

Quelques pas plus loin, il disparut sous les arbres, avant de ressortir un moment plus tard, battant furieusement la queue. Il était si excité qu'il fonça sur elle et tourna trois fois autour d'elle.

Regarde-toi. Tu es une louve !

Lena avait du mal à y croire elle-même.

Est-ce que ça veut dire que tu pourras un jour te changer en dragon ?

Sergio se figea tout un coup, comme si elle lui avait demandé s'il se transformerait en citrouille.

Je ne pense pas, dit-il, étonné. *Je n'ai jamais entendu parler d'un métamorphe incarné qui prenait une autre forme.*

Puis il agita à nouveau la queue.

Je crois que je serais d'accord pour me transformer en tout ce que tu veux, tant qu'on est ensemble.

Elle se mit à rire, ce qui sortit dans une espèce de petit halètement bruyant de loup.

Même une citrouille ?

Il fronça les sourcils.

Il n'existe aucun métamorphe citrouille.

Le pauvre croyait qu'elle était sérieuse, alors elle cala son museau contre son épaisse fourrure.

Laisse tomber.

Et la sensation de presser un museau de loup était si agréable ! Ils se frottèrent le cou encore et encore, marquant l'autre de leur odeur.

On va où, Romeo ? demanda-t-elle quand Sergio s'écarta pour l'admirer.

Il lui sourit sournoisement et s'éloigna vers un bosquet.

Suis-moi.

Le feuillage était plus touffu ici et les branches battaient les flancs de Lena. Heureusement, sa fourrure était si épaisse que ce n'était qu'un effleurement. Quand ils arrivèrent dans une petite clairière au centre des arbres, Sergio se tourna vers elle et pencha une oreille.

Elle regarda autour d'elle en reniflant l'air. Ça sentait la résine et la feuille sèche, avec une pointe de trace humaine ; des joggeurs transpirants, des pique-niqueurs négligents, des couples amoureux. Mais il y avait Sergio, qui la regardait comme s'ils étaient dans un endroit précieux pour eux.

Quand elle se lécha les babines pour gagner du temps, elle faillit glapir en réalisant combien sa langue de loup était longue. Puis elle se racla la gorge et trépigna sur le sol, se demandant comment elle était censée réagir.

Euh... c'est joli ?

Sergio pouffa de rire.

Pas particulièrement, non. Pas comme certains endroits que j'aimerais te montrer. Mais c'est spécial. C'est là qu'on s'est rencontrés pour la première fois.

Son souffle s'arrêta une seconde alors qu'elle reconnaissait les lieux. Un instant plus tard, elle sourit et sautilla autour de son compagnon en remuant la queue.

Ça rend cet endroit vraiment spécial, dit-elle. *On a beaucoup de lieux spéciaux, en fait. Comme la fontaine de Trevi... Mon ancien appartement, quand tu es venu ce jour-là...*

Sergio pouffa de rire.

Trop romantique, avec ta propriétaire qui espionnait depuis le palier.

OK, alors notre première nuit ensemble aux aqueducs, et notre première nuit chez toi.

Sergio sourit.

C'est chez toi, en fait, tu te rappelles ?

Elle secoua la tête.

C'est chez nous, désormais.

Sergio passa à sa gauche, puis à sa droite.

Ça me plaît.

À elle aussi. Mais, merde, tous ces effleurements commençaient à réveiller le désir qui semblait s'infiltrer en permanence dans son âme de métamorphe. Elle se blottit plus doucement contre son compagnon, de façon plus sensuelle, calculant le temps qu'il leur faudrait pour rentrer à la maison et retourner au lit.

Mais, après ces petits instants torrides, Sergio s'écarta, le regard pétillant.

Encore une chose avant de rentrer, d'accord ?

Il semblait si enjoué qu'elle ne pouvait rien lui refuser, malgré son désir intense de faire des trucs cochons avec son compagnon. Alors elle le suivit quand il se dirigea vers un petit monticule. Un coup d'œil dans l'esprit de son amant lui révéla tous les bonheurs qu'il avait hâte de partager avec elle. Courir à travers les ruisseaux, gambader dans les collines et... hurler à la lune ?

Elle cacha son scepticisme. Comment quelque chose d'aussi triste qu'un hurlement pouvait-il être amusant ?

Sergio s'arrêta et tourna en rond jusqu'à ce qu'il trouve pile le bon endroit, puis attendit qu'elle vienne se mettre à ses côtés. Il leva ensuite le museau et ferma les yeux. Le silence s'abattit sur le parc et Lena retint son souffle. La lumière du quart de lune baignait le monticule, donnant quelque chose de spécial à l'air, quelque chose de presque spirituel.

Sergio respira profondément, puis leva le nez et commença à hurler. Ce fut d'abord bas, coupé par une inspiration rapide, puis un hurlement long et puissant. Qui s'élevait et retombait dans un chant traînant et tremblant. Sa musique aurait pu sembler triste pour un humain, mais les oreilles canines de Lena trouvèrent une toute nouvelle signification à cette ballade. Oui, il y avait de la douleur dans les heures les plus sombres de la vie de Sergio. Mais ce n'était qu'un fil de son chant. Le reste était pure joie, une joie rendue plus riche encore par toutes les fois où il avait été désespéré.

Elle ferma les yeux et s'appuya contre son flanc, écoutant avec attention. Son cœur se gonfla et elle leva le museau, répondant à l'appel de la lune. L'instant suivant, elle hurlait avec lui. Elle ne pouvait pas s'en empêcher. Toute la joie en elle avait gonflé et devait s'échapper quelque part. Alors elle ajouta sa voix à celle de Sergio, et ensemble, ils chantèrent dans la nuit. Un duo canin qui passait à travers les arbres et montait jusqu'au ciel. Pas trop fort, bien sûr, pas tant qu'ils seraient à

Rome. Mais cela ne faisait rien. L'amour, l'espoir et la joie ne se mesuraient pas au volume sonore. On pouvait le chuchoter et le sentiment restait tout aussi puissant.

Lena prit une inspiration alors que le chant continuait. Humaine, elle n'avait jamais été très douée pour chanter. Mais pour les loups, il semblait n'y avoir aucune inquiétude à avoir, tant qu'ils pensaient ce qu'ils exprimaient.

Et elle le pensait véritablement, parce que sa chance excédait ses rêves les plus fous. Elle pouvait courir aux côtés de son compagnon. Elle pouvait aussi voler et cracher du feu. Elle pouvait marcher dans les rues d'une ville magnifique avec l'homme qu'elle aimait, et dire qu'elle était chez elle. Et pas seulement ça, mais elle pouvait se dévouer à un travail important qu'elle adorait.

Tout à coup, elle réalisa que le seul chant dans la nuit était le sien. Sergio s'était arrêté pour l'écouter, avec la même expression muette d'admiration qu'il affichait très souvent quand il se demandait pourquoi il avait autant de chance.

Pourtant c'était elle, la plus chanceuse.

Elle déglutit et se tut, écoutant l'écho de son propre hurlement se répercuter dans la nuit. Puis elle se lova contre Sergio.

J'ai tellement de chance. Pourquoi moi ?

Parce que tu le mérites, affirma-t-il fermement Sergio qu'elle lui lécha le visage. *Et puis, je pourrais dire la même chose.*

Mais quand le regard de Sergio s'égara au loin, il y avait une pointe de chagrin.

Elle pencha la tête, agitant à nouveau ses oreilles.

Qu'est-ce qui ne va pas ?

Sergio soupira.

Je pense à Marco.

Lena acquiesça doucement. Marco avait quitté Rome peu de temps après leur combat contre les Lombardi, décollant pour Lisbonne afin de s'occuper d'une affaire importante. Il avait prévenu Lena, lui faisant même la bise pour lui souhaiter bonne chance avant son départ. Malgré tout il n'était pas plus ouvert à l'idée de cette union. En fait, il avait même quitté Rome en se jurant de ne jamais offrir son cœur à qui que ce soit.

Je vous le laisse, ce n'est pas pour moi, avait-il dit avant qu'ils se séparent.

Lena n'avait jamais été aussi tentée d'utiliser ses talents de Clairvoyante pour lire ce qui le rendait si amer, cependant elle s'était retenue : si Marco avait voulu partager son histoire avec elle, il l'aurait fait de lui-même.

J'aimerais qu'il sache combien la vie est géniale avec une compagne, dit Sergio en regardant au loin.

Lena remua doucement la queue.

Qui sait ? Peut-être qu'il trouvera quelqu'un.

Sergio ne sembla pas convaincu. Il faudrait un sacré bout de femme pour abattre les murs que Marco avait dressés autour de son cœur.

Eh bien, on ne sait jamais. Je ne m'attendais pas à te rencontrer ici.

Cela le fit rire.

Pas faux, je ne m'attendais pas du tout à te rencontrer.

Il se pressa contre elle.

Et je suis heureux que ça ait été le cas.

Tout ce qui s'était passé défila dans l'esprit de Lena, le bon comme le mauvais. Elle regarda les lumières de Rome, jusqu'aux étoiles au-dessus de leurs têtes, et enfin vers son compagnon. Elle laissa ensuite échapper un soupir.

Pourquoi moi ?

Sergio se colla à elle.

Je pensais la même chose. Je t'ai toi, ma compagne. Et j'ai le droit de rester chez moi, à Rome.

Si Lena n'avait pas été une louve, elle aurait laissé couler des larmes de joie. Au lieu de cela, elle enfonça ses griffes dans la terre et colla sa fourrure contre celle de son compagnon. Ils enfouirent le museau contre le cou de l'autre, puis se frottèrent l'un à l'autre, réveillant peu à peu la chaleur entre eux. Des images torrides emplirent l'esprit de Lena et, rapidement, elle ressentit le besoin de trouver un lit.

Elle poussa Sergio vers la sortie du parc.

On rentre ?

Il lui adressa un sourire canin. Oh, oui. Il savait ce qu'elle voulait, et il le voulait aussi. Pour toujours.
Tout de suite, mon amour.

Aperçu: Les Veilleuses du feu : Portugal

Pendant des siècles, les Gardiens de Lisbonne ont maintenu sous cloche les forces métamorphes – dragons, vampires et sorcières. Maintenant que leurs pouvoirs faiblissent, ils sont trop occupés pour répondre à l'appel à l'aide désespéré d'une femme en détresse.

Jeune dragon novice, Laura Sampao a toujours su que sa famille descendait de dragons métamorphes, mais ce pouvoir – ou cette malédiction – ne s'est pas manifesté depuis des générations. Elle croyait que cela ne lui arriverait jamais.

Grosse erreur.

À présent, des vampires en ont après son sang, et son dernier espoir est le mystérieux guerrier blasé qui la sauve d'une brutale agression. Ce n'est cependant que le prélude d'un danger bien plus grand, qui ne lui laisse pas d'autre choix que de faire confiance à cet inconnu taciturne, aussi beau qu'agaçant, qui éveille en elle toutes sortes de désirs cachés.

Marco da Silva, héritier d'une ancienne dynastie de dragons, a déjà été échaudé par les demoiselles en détresse et il est bien décidé à ne pas s'engager. Pourtant, il ne peut pas résister. Avant même d'en avoir conscience, il emmène Laura dans sa cachette, sur son île privée, où son dragon lui jure de la garder en sécurité.

Pourquoi ? Parce que son cœur n'est pas la seule force téméraire à l'œuvre dans le monde des métamorphes : des ennemis puissants sont en route eux aussi, et ils ne reculeront devant rien pour s'emparer de Laura et prendre le contrôle de tout un continent.

Le tome 4 de la série **Les Veilleuses du feu : Milliar-daires protecteurs** d'Anna Lowe est une visite dans les rues animées de Lisbonne et sur les falaises de Madère, aussi mys-térieuses que mystiques. Ne rate pas ce tome bourré d'action, d'intrigue et de romance !

Par Anna Lowe

Les Veilleuses du feu : Milliardaires et Gardiens

Les Veilleuses du feu : Paris (Tome 1)

Les Veilleuses du feu : Londres (Tome 2)

Les Veilleuses du feu : Rome (Tome 3)

Les Veilleuses du feu : Portugal (Tome 4)

Les Veilleuses du feu : Irlande (Tome 5)

Les Veilleuses du feu : Écosse (Tome 6)

Les Veilleuses du feu : Venise (Tome 7)

Les Veilleuses du feu : Grèce (Tome 8)

Les Veilleuses du feu : Suisse (Tome 9)

Aloha Shifters : Les Joyaux du cœur

L'appel du dragon (Tome 1)

L'appel du loup (Tome 2)

L'appel de l'ours (Tome 3)

L'appel du tigre (Tome 4)

L'amour du dragon (Tome 5)

L'appel du renard (Tome 6)

Aloha Shifters : Les Perles du désir

Dragon rebelle (Tome 1)

Ours rebelle (Tome 2)

Lion rebelle (Tome 3)

Loup rebelle (Tome 4)

Cœur rebelle (Tome 5)

Alpha rebelle (Tome 6)

Les Loups de Twin Moon Ranch

Desert Hunt (Tome 1)

Desert Moon (Tome 2)

Desert Blood (Tome 3)

Desert Fate (Tome 4)

Desert Yule (Tome 5)

Desert Heart (Tome 6)

Desert Rose (Tome 7)

Desert Roots (Tome 8)

Sasquatch Surprise (Tome 9)

Blue Moon Saloon

Perfection (Tome 0)

Damnation (Tome 1)

Temptation (Tome 2)

Redemption (Tome 3)

Salvation (Tome 4)

Deception (Tome 5)

Celebration (Tome 6)

Shifters in Vegas

Paranormal romance with a zany twist

Gambling on Trouble

Gambling on Her Dragon

Gambling on Her Bear

Gambling on Her Panther

Serendipity Adventure Romance

Off the Charts

Uncharted

Entangled

Windswept

Adrift

Travel Romance

Veiled Fantasies

Island Fantasies

www.annalowe.fr

À propos d'Anna Lowe

Anna Lowe, auteure de best-sellers aux classements USA Today et Amazon, adore rappeler que les héroïnes sont des héros au féminin et faire naître des histoires d'amour passionnées dans des décors enchanteurs. Elle aime les chiens, le sport et les voyages – où elle puise ses inspirations. Si elle n'est pas concentrée sur son ordinateur, à travailler sur sa toute dernière histoire, vous la trouverez en randonnée dans les montagnes ou à vélo sur les routes de campagne. Et sa journée se terminera toujours par un carré de chocolat noir et une bonne lecture.

Visitez **www.annalowe.fr**.